KB098657

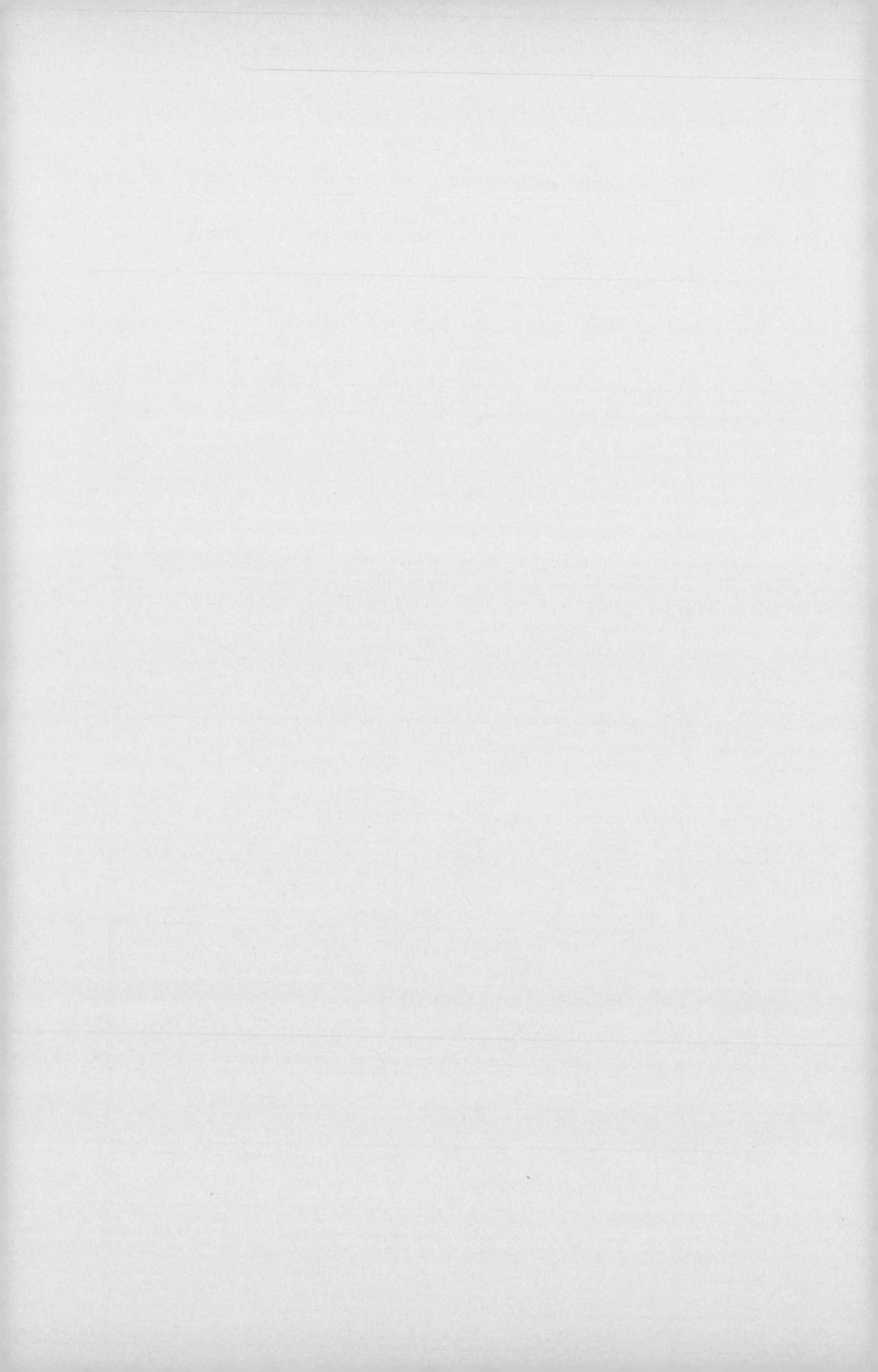

정약용, 길을 떠나다 1

정약용, 길을 떠나다 1

2017년 12월 26일 초판 1쇄 발행

지은이 권혁진
펴낸이 원미경
펴낸곳 도서출판 산책
편집 김미나 정은미

등록 1993년 5월 1일 춘천80호
주소 강원도 춘천시 우두강둑길 23
전화 (033)254_8912
이메일 book4119@hanmail.net

ISBN 978-89-7864-061-9

이 책은 춘천시문화재단의 문화예술진흥기금 지원으로 제작되었습니다.

정약용, 길을 떠나다 1

권혁진

머리말

어느 날 길을 떠났다. 유배지 강진에서 풀려나 고향에서 저술 작업을 계속하다가 정약용은 춘천으로 향했다. 1820년 봄에 큰형이 아들을 데리고 춘천에 와서 며느리를 맞아올 때에 배를 함께 탔다. 이때 청평사까지 발길이 닿았고 수십 편의 시를 남겼다. 1823년엔 손자를 데리고 춘천에서 며느리를 맞게 되었다. 작은 배를 끌고 춘천에 왔다가 내친 김에 화천 사창리로 말머리를 돌렸다. 수십 편의 시가 구체적인 여정을 알려준다.

두 번 여행의 결과물이 『천우기행』, 『산행일기』, 『산수심원기』다. 고향에서 출발해서 춘천을 경유하여 청평사와 사창리 곡운구곡을 유람하며 보고 느낀 것이 자세하다. 멋진 곳이 보이면 시로 그림을 그렸다. 점심을 먹거나 하룻밤 자면서 시를 짓지 않을 수 없었다. 지금은 사라진 주막과 나루터를 시 속에 생생하게 그려 넣었다. 다산의 책을 읽으니 댐이 건설되면서 이제는 흐르지 않는 북한강의 여울 36군데가 밤낮으로 울고 있었다.

북한강을 걸었다. 다산의 고향인 능내리에서 출발하여 춘천을 지나 화천 사창리에서 걸음을 멈췄다. 처음에는 엄두가 나지 않았으나 몇 구간으로 나누어 걷다보니 어느새 화천이었다. 날카로운 강바람 속 자전거 길에 인적은 드물었다. 어쩌다 라이더를 만나면 반갑기조차 하였다. 뜨거운 여름에 혼자 걷기도 하였고, 몇몇 사람과 동행하기도 했다. 전 구간을 다 걷자 만추였다.

다산의 글을 직접 현장에서 확인하고 싶어서 다산의 글과 함께 길을 떠났던 것이다. 배를 멈추고 쉬던 곳에 앉아서 글을 읽었고, 점심을 먹은 곳에서 김밥을 먹었다. 시를 읊은 곳을 찾아 시를 소리 내어 읽었으며, 하룻밤 머문 곳에서 주막의 흔적을 찾기도 했다. 북한강의 이곳저곳에 남아있던 다산의 흔적이 조금씩 보이기 시작했다. 차를 타고 드라이브하면 볼 수 없었던 풍경이 다가와 말을 건넸다. 북한강은 시가 흐르는 강이었다.

춘천시립도서관에서 진행하는 문학여행을 하면서 다산의 자취를 따라 춘천 지역을 걸었다. 북한강생명포럼하고 다산 생가부터 전 구간을 걸었다. 그 전에 몇몇 분들과 사전 답사를 하였기 때문에 수월하였다. 춘천 구간은 주간신문인 '춘천사람들'에 연재를 하면서 책 출간의 욕심을 내게 되었다. 이러한 인연들 덕으로 출간되었다. 모두에게 감사드린다. 특히 이헌수 대표님과 우은희 선생님의 노고를 잊을 수 없다. 늘 든든하게 후원해준 가족에게 책을 바친다.

2017년 12월

권혁진 삼가 쓰다

차례

3 세상살이의 괴로움

4 노을 속 강길을 거닐다

5 협곡을 통과하다

6 맥국에 부는 바람

7 누추하지 않는 삶

8 쇠락한 마을, 텅 빈 창고

9 선경 속에서 유람하다

다산길 전체 안내도

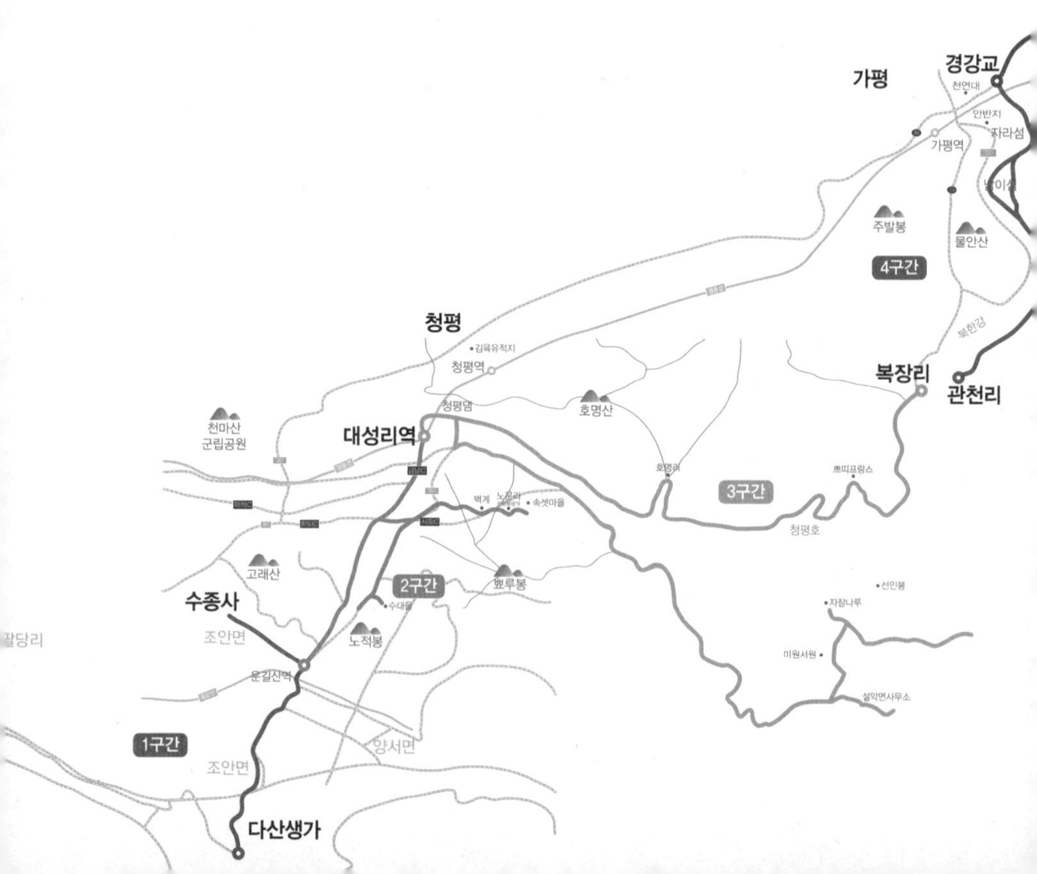

가평
경강교
천연대
안반지
자라섬
가평역
주발봉
물안산
4구간
북한강
복장리
관천리
청평
김육유적지
청평역
청평댐
호명산
천마산
군립공원
대성리역
호명리
3구간
쁘띠프랑스
청평호
벽계
노문리
속셋마을
고래산
2구간
뾰루봉
수종사
수대울
노적봉
조안면
운길산역
선인봉
미원서원
설악면사무소
1구간
양서면
조안면
다산생가

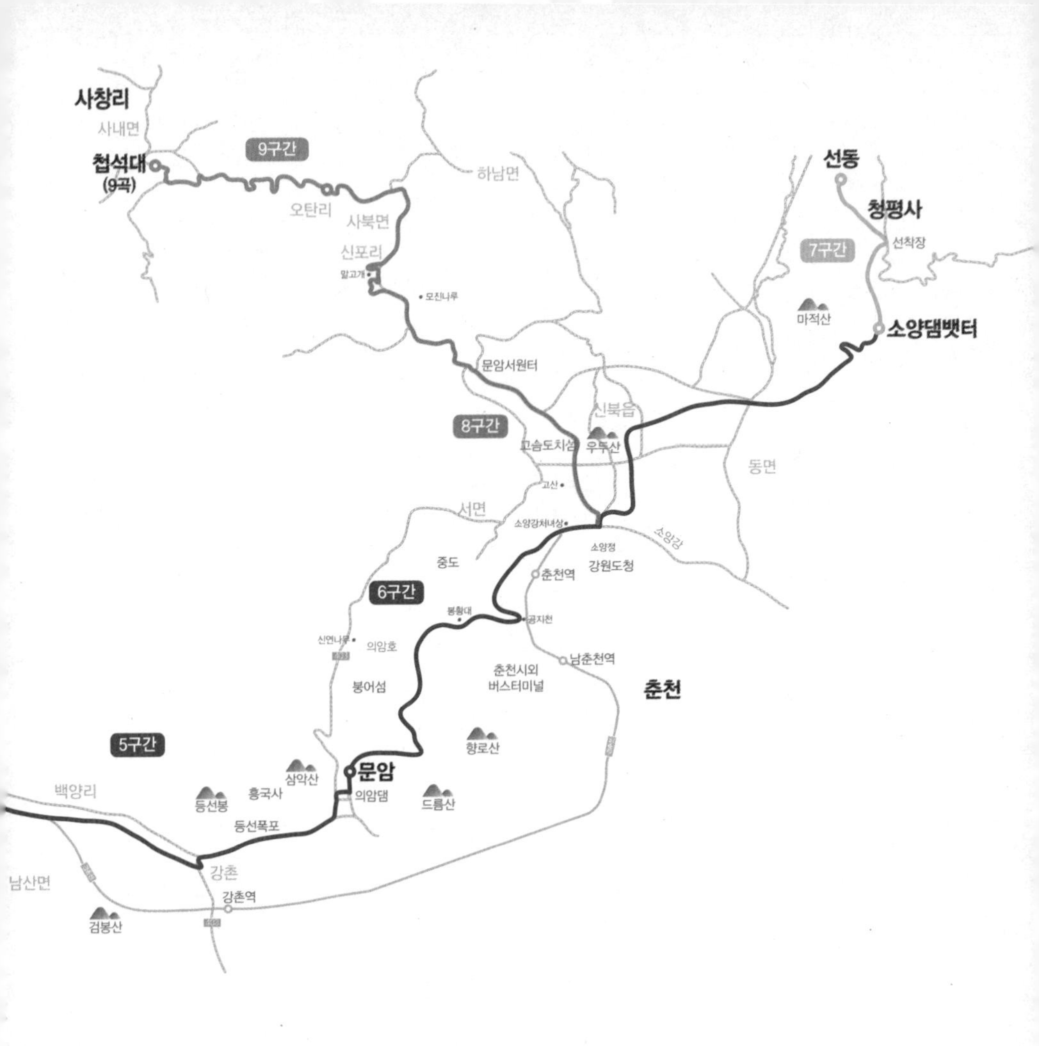
사창리
사내면
9구간
첩석대
(9곡)
하남면
오탄리
사북면
신포리
말고개
모진나루
선동
청평사
선착장
7구간
마적산
소양댐뱃터
문암서원터
신북읍
8구간
고슴도치섬
우두산
동면
고산
서면
소양강처녀상
소양정
소양강
중도
강원도청
춘천역
6구간
봉황대
공지천
신연나루
의암호
남춘천역
춘천시외
버스터미널
춘천
붕어섬
5구간
향로산
삼악산
문암
백양리
흥국사
등선봉
의암댐
드름산
등선폭포
강촌
남산면
강촌역
검봉산

1

봄날, 배를 띄우다

봄날, 배를 띄우다

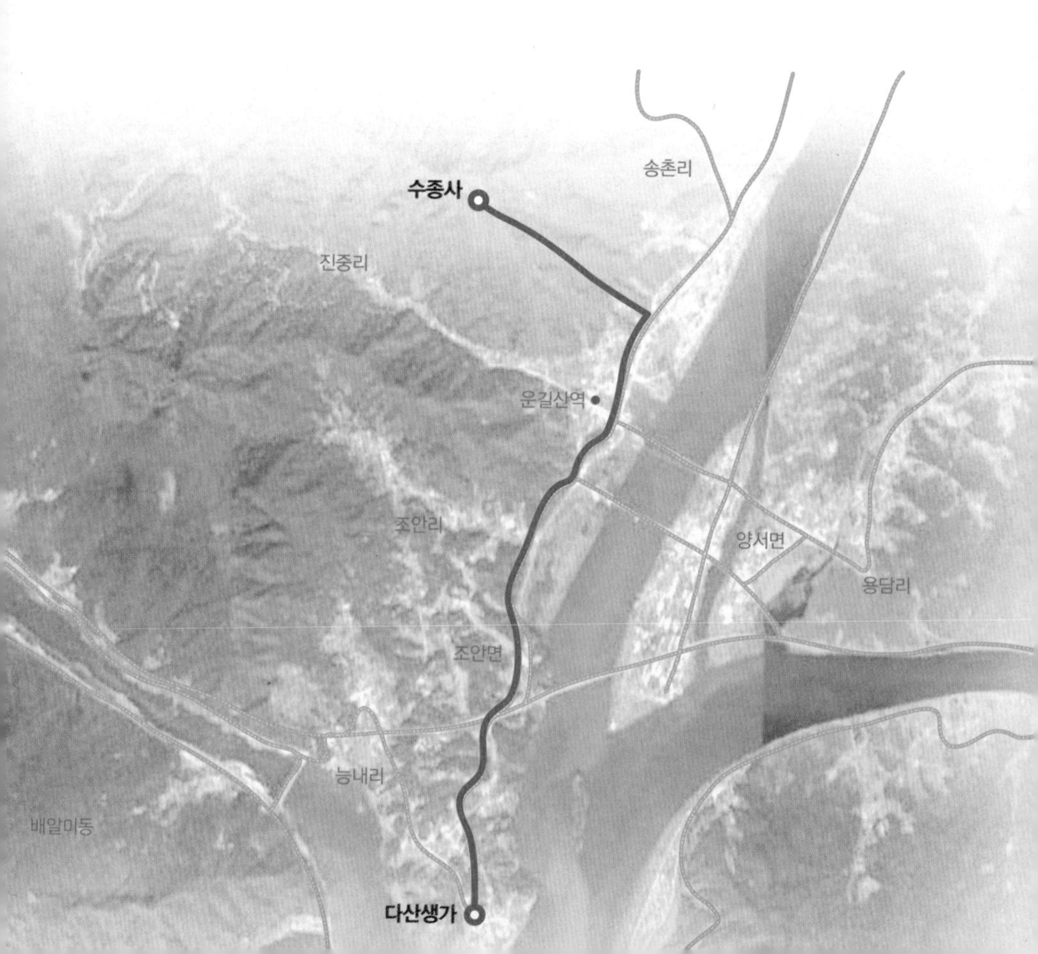

고향으로 돌아오다

회전교차로를 돌아 능내리로 향한다. 번잡했던 도로는 금방 오솔길을 가는 듯 한적하다. 마재고개를 넘자마자 유적지 건물들이 보인다. 기념관을 먼저 들린다. 다산의 일생은 다시 보고 들어도 감동적이다. 올 때마다 조금씩 더 다산을 알아간다. 사귀면서 상대방에 대한 이해가 넓어지듯이, 책을 통해 알았던 다산의 삶과 학문이 조금씩 느껴진다. 기념관은 다산생가로 이어진다. 느티나무 아래 서니 묘지로 향하는 계단 옆에 비석이 보인다.

다산은 유배에서 돌아와 4년 뒤 회갑을 맞는다. 이때 자신의 묘지명을 지었다. 묘지명은 망자를 잘 아는 사람이 짓는 것이 일반적이다. 하지만 유배지에서 겪었던 18년 세월을 다산보다 더 잘 알 수 있는 사람은 없었다. 다산은 자신의 삶이 왜곡되는 것을 우려해 스스로 묘지명을 지었다. 비석에는 다산이 지은 묘지명이 그대로 새겨져 있다. 파란의 삶은 읽는 이를 숙연케 한다.

'이 무덤은 열수(洌水) 정약용의 묘다'라고 묘지명은 시작한다. 그는 영조 38년인 1762년에 한강 옆 능내리에서 태어났다. 스스로 어려서 매우 총명하였고 자라서는 학문을 좋아하였다할 만큼 자신감이 넘쳤다. 정조 7년인 1783

년에 생원이 되었을 때는 22세였다. 28세에 갑과에 합격하면서 벼슬길에 올랐다. 여러 내직과 외직을 거쳤는데 곡산(谷山) 도호부사(都護府使)로 나가서 백성들에게 은혜를 베푸는 정치를 많이 했다는 구절이 눈에 들어온다.

과거 급제 전 서울에 노닐 때 성호(星湖) 이익(李瀷)을 사숙하게 되었다는 대목은 학문의 연원을 알려준다. 이익의 학행이 순수하고 독실하다는 것을 듣고 이가환(李家煥) · 이승훈(李承薰) 등을 따라 그의 책을 보게 되었고, 이때부터 경전 공부에 마음을 두었다.

천주교와 관련된 일도 담담히 서술했다. 성균관에서 공부할 때 이벽(李檗)을 따라 노닐면서 서교(西敎)의 교리를 듣고 서적을 보았으며, 1787년 이후 4~5년 동안 자못 마음을 기울였다고 고백한다. 아울러 1791년 이래로 국가의 금령이 엄하여 마침내 생각을 아주 끊어버렸다고 밝힌다. 그러나 천주교와 연관된 과거의 행적은 다산을 계속 괴롭혔다.

다산 묘역

정조와의 관계는 특별했다. 임금의 총애와 칭찬과 장려가 특이하였음을 구체적인 하사품과 일화로 알려준다. 직무의 일로 독려하고 꾸짖지 않았으며, 밤마다 진귀한 음식을 내려 배불리 먹여주었다고 회고한다.

특별한 관계는 1800년 6월에 정조가 승하하면서 끝나고, 화가 뒤를 이었다. 고난의 시기가 온 것이다. 순조 1년인 1801년은 그의 나이 40세다. 천주교와 관련된 일 때문에 이가환 · 이승훈 등과 함께 하옥되었다. 얼마 뒤에 형 약전(若銓) 약종(若鍾)과 함께 체포되어 하나는 죽고 둘은 살았다고 토로한다. 정약종의 죽음을 말한 것이다. 이 일로 경상도 장기현(長鬐縣)으로 유배 갔다. 황사영(黃嗣永)이 체포되자 그 해 11월에 다산은 강진으로, 형은 흑산도로 기약 없는 길을 떠났다.

유배 18년 동안 경전 및 사서(四書) 등에 대해 저술한 것이 모두 2백 30권이었다. 정밀히 연구하고 오묘하게 깨쳐서 본래의 의미를 많이 얻었다고 자평할 정도였다. 이밖에 시문 70권, 국가의 전장 및 목민, 의약 등을 편찬한 것이 거의 2백 권이라고 자랑스럽게 밝힌다.

1818년 봄에 목민심서는 완성되었고, 8월에 해배 명령이 내려와 9월 14일에 비로소 고향으로 돌아왔다. 57세 되던 해였다. 한창 경세를 펼칠 시기에 유배생활을 하였던 것이다. 덕분에 방대한 학문의 성과를 얻지 않았냐고 말한다면 다산에 대한 예의가 아닐 것 같다. 해배되어 고향에 돌아왔을 때의 감회를 「소내의 집에 돌아오다」에서 느낄 수 있다.

갑작스레 고향 마을 이르르니
문 앞에는 봄물이 흘러가누나
흐뭇하게 약초밭둑 서 보니
예전처럼 고깃배 눈에 들어오고

꽃잎 화사한 숲 속 집은 고요하며
솔가지 드리운 들길은 그윽하네
남녘에서 수천 리를 노닐었으나
이와 같은 곳 찾지 못했네

忽已到鄕里 홀이도향리
門前春水流 문전춘수유
欣然臨藥塢 흔연림약오
依舊見漁舟 의구견어주
花煖林廬靜 화난림려정
松垂野徑幽 송수야경유
南遊數千里 남유수천리
何處得玆丘 하처득자구

예상치 못했다가 유배에서 풀려났기 때문에 '갑작스럽게'라고 표현했을 것이다. 18년 동안 비워 두었으나 모두가 눈에 익숙하다. 실학생태공원 전망대에서 다산이 능내리 일대와 한강을 지긋이 바라보고 있는 듯하다.

결혼한 지 60주년이 되던 해는 1836년이었다. 그해 2월 22일에 다산은 가족이 지켜보는 가운데 조용히 숨을 거뒀다. 3일 전에 미리 써 두었던 회혼시는 최후의 유작이 됐다. 다산은 15세 때(1776년 음력 2월 22일) 16세인 아내 풍산 홍씨와 결혼해 만 60년을 살았다. 아내는 다산 사후 2년을 더 살다가 세상을 떠났다.

예순 해 눈 깜짝할 새 지나가니
복사꽃 화사한 봄빛 신혼 시절 같구나
살아 이별 죽어 이별 늙음을 재촉하지만
짧은 슬픔 긴 기쁨은 임금의 은혜네

이 밤에 목란사 소리가 더욱 좋고
옛날의 하피첩엔 먹 흔적 아직 남았네
헤어졌다 다시 만나니 참으로 내 모습이어서
합환주 술잔 남겨 자손에게 주리라
六十風輪轉眼翻 육십풍륜전안번
穠桃春色似新婚 농도춘색사신혼
生離死別催人老 생리사별최인노
戚短歡長感主恩 척단환장감주은
此夜蘭詞聲更好 차야란사성갱호
舊時霞帔墨猶痕 구시하피묵유흔
剖而復合眞吾象 부이부합진오상
留取雙瓢付子孫 류취쌍표부자손

하피(霞帔)는 신부가 입던 예복으로 하피첩(霞帔帖)을 가리킨다. 강진으로 귀양 가 있던 다산에게 부인 홍씨가 시집올 때 입었던 붉은 치마 한 벌을 보냈다. 귀양 온 지 십 년 정도 지났을 무렵이다. 부인이 보낸 빛바랜 치마를 마름질해 네 첩의 서첩을 만들었다. 아내가 보낸 치마로 만든 하피첩에 아들을 위해 글을 적었다. 하피첩 서문에는 '아내가 보내준 낡은 치마 다섯 폭을 잘라 작은 첩을 만들고, 경계하는 말을 써서 두 아이에게 준다'는 글이 적혀 있다. 본문은 선비에게 필요한 마음가짐이나 삶의 태도 등 아들들에게 교훈을 줄 만한 내용이다.

참배하고 발을 돌리려는데 묘지명에서 본 구절이 계속 귓전에 맴돈다. "사람됨이 선을 즐기고 옛것을 좋아하며 행위에 과단성이 있었는데, 마침내 이 때문에 화를 당하였으니 운명이다" 마음이 무겁다. '운명이다'란 구절이 숙연하게 만든다. 존경하던 분이 세상을 떠나며 담담히 적은 글귀가 오버랩된다. "너무 슬퍼하지 마라. 삶과 죽음이 모두 자연의 한 조각 아니겠는가? 미안해하지 마라. 누구도 원망하지 마라. 운명이다."

계단을 따라 내려오니 생가다. 1925년 대홍수 때 유실된 생가를 1986년에 복원했다. 단정하며 고졸한 분위기가 다산의 풍모 같다. 이곳저곳 구경한 후 여유당(與猶堂) 편액 앞에 섰다. 당쟁이 심하던 시기를 통과한 다산은 소수파인 남인이었다. 호시탐탐 노리는 반대파의 매서운 눈길 속에서 깊은 연못에 다가서는 듯 살얼음을 걷는 것처럼 조심조심하며 살아야했다. 1799년에 형 정약전을 탄핵하자 「자명소」를 올린 후 사직했고, 이듬해 고향으로 내려왔다. 이 해에 「여유당기(與猶堂記)」를 짓고 '여유당'이란 당호를 걸었다. 사실 그는 이러한 마음이 굴뚝같았지만 6~7년 뒤에야 걸게 되었다. 만약 몇 년 전에 편액을 걸었더라면 역사의 강물은 다르게 흘렀을 지도 모른다.

왜 자신만 욕을 먹는가에 대해 스스로 진찰한 결과는 '그만두지 못하는

다산 생가

것' 때문이었다. 그는 그만두어야 할 일도 기쁘게 느껴지면 그만두지 못하였다. 하고 싶지 않은 일도 마음에 꺼림직 하여 불쾌하면 그만둘 수 없었다. 그 결과로 돌아온 것은 반대파들의 비난과 모함과 유배였다. 다산은 잠시 이것은 운명이 아닐까 생각했다. 그러나 다시 곰곰이 생각해보니 운명이 아니라 본성 때문이었다. 도덕경에 나온 말을 인용하여 처방전을 썼다.

> 겨울에 시내를 건너는 것처럼 신중하게 하고[與], 사방에서 나를 엿보는 것을 두려워하듯 경계하라.[猶]

말을 덧붙인다.

> 겨울에 시내를 건너는 사람은 차가움이 뼈를 에듯 하므로 매우 부득이한 일이 아니면 건너지 않을 것이고, 사방의 이웃이 엿보는 것을 두려워하는 사람은 다른 사람의 시선이 자기 몸에 이를까 염려한 때문에 매우 부득이한 경우라도 하지 않을 것이다.

'여유(與猶)'란 두 마디의 말이 자신의 약점을 치료해 줄 약이라 판단하였고, '그만두지 못하는 것'에서 부득이한 경우가 아니면 '그만 두기'를 실천하겠다고 결심했다. 편지를 보내 경전과 예법에 대해 토론하기, 벼슬아치들의 시비에 대해 상소하기, 진귀한 옛 기물 모으기 등을 예로 들어가며 그만 두겠다고 다짐하고, 마음이 풀어질까 글씨를 써서 걸었다.

남자주에서 배를 수리하다

다산이 배를 타고 고향 능내리에서 출발한 때는 1820년이다. 거의 200년이 되어 간다. 큰 형과 함께 큰조카의 결혼식 때문에 춘천으로 향하였다. 다산은 여행길에 칠언시 25수와 화두시 12수, 잡체시 10수를 지어 『천우기행』이란 시집을 엮었다.

1823년에 다시 뱃길을 이용해 춘천을 찾았다. 두 번째의 유람은 손자인 대림(大林)의 혼례 때문이었다. 다산은 큼직한 고기잡이배를 구하여 집처럼 꾸미고 직접 '산수록재(山水綠齋)'라 써서 문 위에 편액을 걸었다. 아들인 학연의 배에는 남한강과 북한강 사이에서 노닌다는 뜻의 '유어황효녹효지간(游於黃驍綠驍之間)'이라 쓰고, 기둥에는 물에 뜬 집이라는 '부가범택(浮家汎宅)'과 물위에서 자고 바람을 먹는다는 뜻인 '수숙풍찬(水宿風餐)'이라 썼다. 준비물로 천막과 침구, 필기구, 서적에서부터 약탕관과 다관, 밥솥, 국솥 등 갖추지 않은 것이 없었다. 두 번의 여행을 한 후 『산행일기』에 동영상을 찍듯 자세하게 기록하여 읽는 사람을 여행길로 이끈다.

사실 1800년에 이러한 계획이 있었다. 그 해 초여름에 처자를 이끌고 고향으로 돌아와 물 위에 떠다니며 살림하는 배[浮家汎宅]를 만들려고

하였으나 실천에 옮기기 못하고, 1823년에야 소원을 이루게 된 것이다. 1800년에 다산은 자신의 소원을 「소상연파조수지가기(苕上煙波釣叟之家記)」에 피력한 적이 있었다.

> 나는 적은 돈으로 배 하나를 사서 배 안에 어망 네댓 개와 낚싯대 한두 개를 갖추어 놓고, 또 솥과 잔과 소반 같은 여러 가지 섭생에 필요한 기구를 준비하며 방 한 칸을 만들어 온돌을 놓고 싶다. 그리고 두 아이들에게 집을 지키게 하고, 늙은 아내와 어린아이 및 어린 종 한 명을 이끌고 물 위에 떠다니며 살림하는 배[浮家汎宅]로 수종산과 소내 사이를 왕래하면서 오늘은 오계(奧溪)의 연못에서 고기를 잡고, 내일은 석호(石湖)에서 낚시질하며, 또 그 다음 날은 문암(門巖)의 여울에서 고기를 잡는다. 바람을 맞으며 물 위에서 잠을 자고 마치 물결에 떠다니는 오리들처럼 둥실둥실 떠다니다가, 때때로 짧은 시를 지어 스스로 기구한 정회를 읊고자 한다. 이것이 나의 소원이다.

다산이 여행을 떠난다는 소문이 나자 여기저기서 달려왔다. 이재의(李載毅, 1773~1839)가 먼저 소식을 듣고 죽산(竹山)으로부터 1백 20리를 달려왔다. 서울 사는 한만식(韓晩植) · 우정룡(禹正龍) · 오상완(吳尙琬) 등도 따라가지 않을 수 없다고 하면서 배에 태워주기를 애원하였다.

4월 15일. 일찍 일어나 북한강을 거슬러 올라가기 위해서 남자주(藍子洲)에 배를 대놓고 노와 닻줄을 손질하였다. 남자주는 다산의 추억이 서려있는 곳이다. 이곳에서 물고기를 잡고, 친구가 찾아오면 배를 띄우고 뱃놀이를 하곤 했다. 사라담에서 배를 띄우고 놀다 남자주에서 물고기를 끓이기도 했다. “남자주가에 다리 부러진 솥을 걸고서 / 미나리를 가져다 쏘가리에 넣고 끓이네”라는 시가 그냥 나온 것이 아니었다. 특히 봄날에 남자주에서 푸른 풀을 밟고 노닐며 봄기운을 온몸으로 만끽하는 답청 놀이는 고향의 사계절을 노래한 「소천사시사(苕川四時詞)」에 포함될 정도였다.

생가 옆 남자주가 있던 곳은 호수가 되었다

강물 북쪽 두 기슭 마주 푸르고
모랫가의 한 섬은 홀로 푸르네
미투리로 오솔길 두루 밟으니
싱그런 풀 물가에 무성하여라
水北雙厓對碧 수북쌍애대벽
沙邊一島孤青 사변일도고청
芒鞋匳匝穿徑 망혜암잡천경
芳草葳蕤滿汀 방초위유만정

남자주는 어딜까. 『산행일기』를 보면 남자주 남쪽에 이르러 북한강과 남한강이 합류한다는 구절이 있다. 생가를 나와 실학박물관을 지났다. 소내를 조그만 다리가 가로지른다. 건넌 후 개울을 따라 걷자 바로 팔당댐이 만든 호수가 넓게 펼쳐진다. 봄날 푸른 풀을 밟으며 봄맞이 놀이를 했던 곳, 여름에 물고기를 잡아 끓여먹던 곳은 호수가 되었다. 눈을 감으니 풀밭 위를 걷는 다산의 모습이 보이는 듯하다.

배를 띄우다

첫 번째 춘천 여행에서 지은 시를 모아 『천우기행(穿牛紀行)』을 엮었다. 춘천을 예전에 우수주(牛首州)라 불렀는데 춘천을 관통해서 청평사까지 갔다 온 여행을 기록했기 때문에 '천우기행'인 것이다.

지난해에 황효수(黃驍水)에 있던 사람이
금년 봄에 다시 녹효수가(綠驍水)에 왔네
일생 동안 호묘(湖泖)에서 일엽편주 소원처럼
남은 생애를 몽땅 일민(逸民)이 되는 거로세
去歲黃驍水上人 거세황효수상인
綠驍水上又今春 록효수상우금춘
一生湖泖扁舟願 일생호묘편주원
全把餘齡作逸民 전파여령작일민

『천우기행』에 처음 실린 시다. 황효는 여주를 가리키고 녹효는 홍천을 뜻하니, 황효수는 여주 앞으로 흘러가는 여강을, 녹효수는 홍천강을 뜻한다. 그러나 다산은 주를 달아서 남쪽을 황효수라 하고 북쪽을 녹효수라 했다. 남쪽은 남한강, 북쪽은 북한강이다. 다산은 지난해 4월 15일에 충주를 갈 적에 전기(錢起)의 「강행절구(江行絶句)」를 본받아 75수의 시를 지은 적이 있었다. 지난 해에 황효수에 있었다는 것은 충주 여행을 가리키고, 금년 봄에 녹효수에 있다는 것은 춘천으로 여행가는 것을 가리킨다.

예원진(倪元鎭)은 부유한 집안에서 태어났다. 이민족인 몽골족이 세운 원(元)의 조정에 벼슬하기를 거부하고 은거하였는데, 시에 능하고 산수화를 잘 그렸다. 만년에 재산을 모두 친지들에게 나누어준 뒤 조그만 배로 강소성에 있는 삼묘호(三泖湖)가에 은거하면서 풍류를 즐겼다. 다산은 예원진처럼 배를 타고 유유자적 사는 일민(逸民)이 되고 싶었다. 학문과 덕행이 있으나 세상에 나가 벼슬하지 않고 살고 싶었다.

이건필(李建弼), 두강승유도(斗江勝遊圖)

1819년 봄에 배를 타고 남한강을 거슬러 올라가 충주 선산에서 성묘하고, 가을에 용문산에서 노닐었다는 자찬묘지명의 구절에 이러한 마음을 엿볼 수 있다. 1820년 봄에 배를 타고 북한강을 거슬러 올라가 춘천의 청평산에서 노닐고, 가을에 용문산에서 소요하며 세월을 보냈다는 대목에서도 읽을 수 있다.

춘천으로 유람을 떠나는 배의 한쪽 기둥에 '장지화가 초삽에 노닌 취미[張志和苕霅之趣]'라고 쓰고, 한쪽에는 '예원진이 호묘에 노닌 정취[倪元鎭湖泖之情]'라고 쓴 것에서 그의 지향점을 알 수 있다. 장지화는 당 나라 금화(金華) 사람으로, 만년에 강호에 살면서 배를 타고 초 · 삽 사이를 왕래하며 자유롭게 지낸 사람이다.

유유자적 사는 일민은 마음먹은 대로 될 수 있을까. 『임원경제지』의 저자 서유구는 「이운지인(怡雲志引)」에서 이렇게 들려준다.

> 옛날에 몇 사람이 상제님에게 하소연하여 편안히 살기를 꾀한 일이 있었다. 그중 한 사람이 "저는 벼슬을 호사스럽게 하여 정승 판서의 귀한 자리를 얻고 싶습니다"라고 하자 상제는 선선히 "좋다. 네게 주겠다"고 하였다. 두 번째 사람은 "부자가 되어 수만 금의 재산을 소유하고 싶습니다"라고 하자 상제는 이번에도 "좋다. 네게도 주겠다"고 하였다. 세 번째 사람이 "빼어난 문장과 아름다운 시를 지어 한 세상을 빛내고 싶습니다"고 하자 상제는 한참 망설이다가 "조금 어렵기는 하지만 그래도 주겠다"고 대꾸하였다. 마지막 한 사람이 남았다. 그는 앞으로 나와 이렇게 말했다. "글은 이름 석자 쓸 줄 알고, 의식을 갖추어 살 재산은 있습니다. 다른 소원은 없고 오로지 임원에서 교양을 지키며 달리 세상에 구하는 것 없이 한 평생을 마치고 싶을 뿐입니다" 그가 말을 마치자 상제는 이맛살을 찌

푸리면서 이렇게 답했다. "이 혼탁한 세상에서 청복(淸福)을 누리는 것은 가당치도 않다. 너는 함부로 그런 것을 달라고 하지 말라. 그 다음 소원을 말하면 들어주겠다."

서유구의 글은 계속 이어진다. "이 이야기는 임원에서 우아하게 살아가는 것이 얼마나 어려운가를 말한다. 이야기에 나오듯이 청복의 생활을 누리기란 참으로 어렵다. 인류가 생긴 이래 현재까지 수천 년의 세월이 흘렀지만 과연 이러한 생활을 향유한 자가 몇이나 되겠는가? 참으로 어려운 일이다." 그러면서 마음을 즐겁게 먹고 인생을 향유한 중장통(仲長統) 정도는 되어야만 내 뜻에 거의 부합한다고 말한다. 예를 더 든다. 왕유(王維)는 시를 읊조리며 풍족한 생활을 영위한 사람이나 나중에는 사형받을 운명에 처했고, 예원진은 얽매임 없이 물욕을 초탈하여 고상하게 살았기 때문에 결국에는 액운을 면할 수 있었으며, 고중영(顧仲瑛)은 옥산초당(玉山草堂)을 차지하여 살았기 때문에 고상한 뜻을 품은 사람이라는 칭송을 받았다고 말한다. 이 세 사람은 처한 경우가 각기 다르나 마음을 맑게 가지고 고아한 뜻을 기르면서 소요하고 유유자적하는 생활을 한 점은 한결같다고 평한다. 마지막 문장은 이렇다. "네 사람은 내가 살고 싶어 한 삶을 산 분들이다. 이들을 제외하곤 견주어 볼 사람이 더 이상 없다. 그러고 보니 그렇게 사는 것이 어렵기는 어렵다."

다산도 일민으로 살고 싶었으나 학자의 자세를 완전히 버릴 수 없었다. 유배에서 풀려나 고향에 은거하면서 『상서(尙書)』 등을 연구했으며, 강진에서 마치지 못했던 저술 작업을 계속해서 추진하였다. 『매씨서평(梅氏書平)』의 개정 · 증보작업이나 『아언각비(雅言覺非)』, 『사대고례산보

(事大考例刪補)』 등이 이 때 만들어졌다. 그 밖에도 자신과 관련된 인물들의 전기적 자료를 정리하기도 했으며, 500여 권에 이르는 자신의 저서를 정리하여 『여유당전서』를 편찬하였다.

족자도

달빛 아래 사라담의 뱃놀이

남자주 앞에 못이 있었다. 다산은 지인이 오면 사라담에서 배를 띄우고 놀다가 남자주에서 생선을 끓이기도 했다. 춘천 여행에 화공과 동행하여 물이 다하고 구름이 일어나는 곳이라든가, 버들 그늘이 깊고 꽃이 활짝 핀 마을에 이를 때마다 배를 멈추고 좋은 경치에 제목을 붙이고 그리게 하고 싶었다. 그 중에 '사라담에서 수종사를 바라보다[沙羅潭望水鐘寺]'가 그릴 만한 절경이었다.

사라담에서 바라보는 수종사도 좋지만 달빛 아래 사라담에서 뱃놀이 하는 것도 빼놓을 수 없는 경치였다. 다산은 장남호(張南湖)의 「상심낙사(賞心樂事)」를 본떠 지은 「소천사시사」에 사라담을 그려 넣었다.

사라담 못물 위에 달이 비치고
나룻배 언저리에 바람이 부네
목란 계수 노 저어 즐기노라니
황금 궁궐 은누대 아련하여라
月照鈔鑼潭上 월조사라담상
風來舴艋舟邊 풍래책맹주변
蘭橈桂櫂容與 난요계도용여
金闕銀臺杳然 금궐은대묘연

즐거운 마음과 좋은 일이라는 뜻의 상심낙사(賞心樂事)는 사령운(謝靈運)의 「의위태자업중집시서(擬魏太子鄴中集詩序)」에 보이는 말로, 좋은 시절[良辰], 아름다운 경치[美景], 완상하는 마음[賞心], 즐거운 일[樂事] 네 가지를 함께 다 누리기 어렵다는 말에서 나온 것이다. 사라담에서 뱃놀이는 어떤가. 달 뜨고 바람 솔솔 불어오는 밤은 좋은 날이 아닐 수 없다. 햇살 아래의 화려한 물상들을 바라보는 것은 즐거운 일이다. 수묵화 같은 한밤의 아름다운 풍경은 헤아리기 어렵다. 일상생활에 빠져 헤어나지 못하는 사람들은 감히 밤에 배를 띄우는 풍류를 상상할 수 없다. 달밤을 구경하는 여유와 풍류가 묻어나온다. 즐기다보면 속인들이 최고라 생각하는 신선이 사는 황금 궁궐과 은빛 누대도 부럽지 않다. 달밤에 사라담에서 뱃놀이는 네 가지를 다 갖추었다.

다산을 태운 배가 사라담을 지나간다.

다산의 산수화

사라담 옆 물새가 노니는 바위
연한 녹색 짙은 홍색 물속에 잠겼네
달밤에 피리 불던 곳 노 저어 가보니
제비집 예전대로 띳집에 붙어 있네
鈔鑼潭上鷺鷈巖 사라담상벽체암
軟綠深紅水底涵 연록심홍수저함
思就月中吹笛處 사취월중취적처
鷰巢依樣著茅菴 연소의양저모암

사라담 옆의 바위는 유명하였다. 다산이 강진에 있을 때 「장난삼아 그려 본 소계도[戲作苕溪圖]」에 "깎아지른 절벽 앞 왜가리 날아가며"란 표현이 있다. 동쪽에 쌍부암(雙鳧巖)이 있다는 주석이 함께 있다. 「품석정기(品石亭記)」에도 등장한다. "부암(鳧巖)의 바위는 우뚝 삼엄하게 서 있어서 북쪽으로 고랑(皐狼)의 성난 파도를 막아준다." 물새 놀던 사라담 옆 바위에서 피리 불며 풍류를 즐기곤 했었던 것 같다. 그곳엔 지붕을 풀로 엮은 조그마한 집이 있어 제비가 처마에 집을 마련할 수 있었다. 유배가기 전의 일이었고, 고향으로 다시 돌아와 살펴보니 고맙게도 아직 남아있는 것이 아닌가.

부암을 찾아 나섰다. 남자주 옆 조그마한 동산을 오르니 한강이 더 넓게 흐른다. 정상 부근에 다산의 형 정약현(丁若鉉, 1751~1821)의 묘가 한강을 내려다보고 있다. 다산은 형의 묘지명에 형제 3인이 모두 기괴한 화에 걸려서 하나는 죽고 둘은 귀양 갔는데, 형은 조용하게 물의(物議) 가운데 들어가지 않음으로써 가문을 보전하고 제사를 받드니, 어려운 일이라 세상이 칭송하였다고 기록한다.

정약현 가족은 한국 천주교 초기 역사에서 핵심적인 인물들과 혈연관계에 있다. 이복 여동생은 우리나라 최초 천주교 세례를 받은 이승훈(李

承薰)과 혼인하였다. 처남인 이벽(李檗)은 최초로 천주교를 창설하고 신봉한 인물이다. 맏딸 명련은 황사영(黃嗣永)과 혼인하였는데, 황사영은 신유박해가 일어나자 제천 베론으로 피신하여 백서사건을 일으킨 장본인이다. 황사영은 참형을 받았고 명련은 제주도로 유배되어 노비가 되었다.

전처는 경주이씨인데 다산은 어릴 적 형수의 보살핌 속에서 자랐다. 형수와 저포놀이를 하던 즐거움을 잊을 수 없었다. 어머니가 돌아가셨을 때 다산은 9세였다. 머리에 이와 서캐가 득실거리고 때가 얼굴에 더덕더덕하였는데 형수가 날마다 힘들여 씻기고 빗질하였다. 그때마다 다산은 씻기 싫어 형수에게 가려 하지 않았고, 형수는 빗과 세숫대야를 들고 따라와서 어루만지며 씻으라고 사정하였다. 달아나면 잡았고 울면 조롱하기도 했다. 꾸짖고 놀려대는 소리가 뒤섞여 떠들썩하였다. 온 집안이 한바탕 웃었던 기억을 형의 묘지명에 기록하였다. 어머니가 돌아가시고 아버지가 관직에서 물러나자 형수가 혼자서 집안 살림을 꾸려갔다. 팔찌와 비녀 등의 패물을 모두 팔아 쓰고, 심지어는 솜을 두지 않은 바지로 겨울을 지냈으나 집안 식구들은 알지 못하였다. 형편이 조금 피어 끼니를 이어나갈 만할 때 형수는 세상을 뜨고 말았다고 슬퍼하였다.

정약현은 의성김씨와 재혼하여 아들 셋을 두었는데, 학순(學淳)의 혼인 때문에 춘천으로 첫 여행을 하게 되었다. 정약현은 의성김씨와 합장하였다.

산마루를 따라 족자도가 보이는 곳으로 걸어가니 거북머리처럼 섬을 향해 머리와 목을 길게 뺀 바위 벼랑이 보인다. 북한강의 성난 파도를 막아주는 곳이며, 여행을 갔다가 돌아오는 길에 사라담에 배를 대고 바위 밑에서 저녁을 먹던 곳이다.

마재성지에 들렀다가 고랑나루를 지나가다

다산 생가에서 나와 걷기 시작한다. 야트막한 마재고개 정상에 이르니 마재 마을을 새긴 돌과 마재성지를 가리키는 팻말이 서있다. 안내판을 천천히 읽어 내려갔다. "마제성지는 거룩한 부르심의 땅이자 성가정 성지로 한국천주교회의 창립 주역들의 생활 터전이자 가족 모두가 순교하고 시복시성의 영예를 얻게 된 성지입니다. 한국천주교회의 초대 명도회장이자 최초로 한글 교리서를 쓴 복자 정약종 아우구스티노와 복자 정철상 가롤로와 성 정하상 바오르, 성녀 정정혜 엘리사벳, 성녀 유조이 체칠리아 가족을 기념하여 봉헌된 성지입니다"

아우구스티노 정약종(丁若鍾, 1760~1801). 그는 정약용의 바로 위형이다. 형제들과 달리 과거시험에 관심이 없었고, 도교에 심취해 있었다. 형제들보다 늦게 천주교에 입문하였으나, 서학의 책을 접하게 되자 심취하여 진산사건으로 인해 다른 형제들이 천주교를 멀리할 때도 신앙을 지켜냈다. 진산사건은 윤지충이란 사람이 제례를 거부하고 위패를 불사른 사건을 말한다. 당시 조선의 천주교는 외국 선교사에 의해 포교된 것이 아니라 남인 계열의 선비들이 서학을 토대로 자생적으로 발전시켰다. 이런 이유 때문에 조상의 위패를 불태운 진산 사건에 반발해 천주교를 떠난 이들이 많았다. 배교를 한 이들은 조상의 제사도 지내지 않는 천주 교리를 탐탁지 않게 여겼다. 정약종이 계속 굳건하게 신앙을 지키면 지킬수록 집안 형제들과의 사이는 멀어져갔다. 나중에는 정약종만 홀로 강 건너 분원리에 살게 되었다.

그는 한문을 모르는 사람들에게 교리를 가르치기 위하여 한문본교리책에서 중요한 것만을 뽑아 누구나 알기 쉽도록 우리말로 『주교요지』라는 책을 써서 전교하는 데 큰 공을 세웠다. 그 뒤 교리서를 종합, 정리하여 『성교전서(聖敎全書)』라는 책을 쓰던 중 박해를 당하여 뜻을 이루지 못하였다. 1801년 주문모 입국사건에 연루되어 2월에 체포되고 대역죄인으로 다스려져 순교하였다.

고개를 내려갔다. 기와집에 '나의 주님 나의 하느님'이란 현판이 걸려 있다. 조그마한 한옥 성당이다. 바로 앞은 약종동산이다. 야트막한 언덕 위에 십자가의 길과 칼 십자가, 성모상과 마리아 십자가 등이 마련돼 있다. 고요하고 소박한 분위기에 마음이 평온해진다.

한옥성당

능내역으로 향한다. 이제는 기차가 서지 않는 능내역엔 자전거가 정차한다. 역 안에는 사진이 손님을 기다린다. 자전거 길을 따라 다시 걷는다. 오른쪽으로 북한강이 보인다. 팔당댐으로 호수가 되었고 양수리가 멀리 물 위에 떠 있다. 강을 건너지른 다리 위로 차가 질주한다. 다산은 이곳을 지나며 시를 짓는다.

동양부마(東陽駙馬)가 노닐던 정자에는
구유와 마판 늘어 있고 풀만 뜰에 가득
이제는 천만 점 복숭아꽃이 없으니
끝내 쏘가리의 이름을 저버렸구려
東陽駙馬蕉時亭 동양부마초시정
皁櫪森抽綠滿庭 조력삼추록만정
不有桃花千萬點 불유도화천만점
終然辜負鱖魚名 종연고부궐어명

동양부마(東陽駙馬)는 동양위(東陽尉) 신익성(申翊聖, 1588~1644)을 가리킨다. 아버지는 한문사대가로 유명한 신흠(申欽)이다. 그는 선조의 딸 정숙옹주와 혼인해 동양위에 봉해졌고, 1606년 오위도총부부총관이 되었다. 광해군 때 폐모론이 일어나자 이를 반대하다가 전리로 추방되었다. 1623년 인조반정 후 재등용되어 이괄의 난을 평정하는 데 공을 세웠다. 1627년 정묘호란 때는 세자를 따라 전주로 피란했고, 1638년 병자호란 때는 남한산성에서 끝까지 싸울 것을 주장했다. 화의 성립 후 1637년 오위도총부도총관·삼전도비사자관에 임명되었으나 사퇴했다. 1642년 이계의 모략으로 청에 붙잡혀갔으나 조금도 굴하지 않았고 소현세자의 주선으로 풀려나 귀국했다.

신익성은 부마로서 벼슬길로 나가는데 신분적인 제한을 받았지만, 부마로서의 혜택을 십분 활용하여 문예활동 기반을 단단히 하였다. 부인 정숙옹주와 부친 신흠의 묘소를 다시 조성하면서 양수리 일대를 정비하고 확장하였다. 선영을 정비한다는 명분 이외에도 전장을 확보하기 위한 일이었다. 동회(東淮)라는 그의 호는 양수리 유역을 확충하면서 이 지역을 동회라 부른 것에서 연유한다. 당시 권력을 가진 사대부들 사이에 서울 가까운 곳에 선영을 확보하면서 전장을 가꾸는 것이 유행했다. 이들은 별장을 관리 운영하면서 이곳을 배경으로 그림을 그리거나 글 짓는 모임을 열어 풍류를 즐겼다.

고랑 나루 주변에 신익성의 정자가 있었는데 터만 남았다는 것으로 보아 건물은 남지 않았다는 것을 의미한다. 그는 복사꽃 흐르는 물에서 쏘가리 낚시하며 유유자적 살고 있었다. 당나라 장지화는 "서새산 앞에 백로가 날고 / 복사꽃 흐르는 물에 쏘가리 살찠네 / 푸른 대삿갓 초록 도롱이 / 미풍과 보슬비에도 돌아갈 필요 없네"라는 유명한 시를 남겼는데, 대삿갓과 같은 삶을 살았다. 장지화는 만년에 강과 호수에서 살면서 배를 타고 자유롭게 지냈다는 사람이다. 그러나 건물만 사라진 것이 아니라 그의 풍류도 흐르는 시간 속으로 흘러가 버리고 말았다.

다산과 같이 여행을 떠난 이재의는 「고량도에서 남자주를 바라보다」란 시를 남긴다.

배가 고랑나루 지나 한 구비 돌자
거울 속 떠있는 부평초는 그림 속 산
그대여 보라, 등 뒤 기이한 산
나무와 모래, 우거진 숲 사이로 보이네
舟過皐浪轉一灣 주과고랑전일만
鏡中萍泛畵中山 경중평범화중산

君看背後呈奇狀 군간배후정기상
樹色沙光莽蒼間 수색사광망창간

고랑나루는 고랭이나루로도 불렸다. 양수교가 세워지기 전에 북한강을 사이에 두고 두물머리와 고랭이 마을을 연결해 주던 나룻배가 다니던 곳이다. 조안리의 자연부락인 고랭이 마을에 사는 어르신은 밭을 갈다 잠시 멈추고 팔당댐이 생기기 전의 나루에 대해 자세하게 설명해주신다. 신양수대교 밑 터널을 빠져나가니 물가에 굳게 잠긴 별장만이 보인다. 가까이 다가서니 개 짖는 소리가 요란하다. 옆 언덕을 오르니 신양수대교와 두물머리가 가까이 보인다. 족자섬은 두물머리 아래에 떠 있다. 어르신은 다리 아래에서 두물머리 사이로 배가 오고갔다고 한다. 북한강을 사이에 둔 두 곳을 연결해주던 배는 어르신의 기억 속에만 존재한다. 주말이여서인지 양평쪽으로 향하는 자가용만 신양수대교 위에 가득하다.

고랑나루

봄날 수종사에서 노닐다

운길산역 앞 밝은 광장은 사람들로 붐빈다. 인증센터에서 도장을 찍는 사람과 자전거에서 내려 다리 아래 그늘에서 쉬는 사람, 운길산역을 가다가 잠시 구경 온 사람들로 뒤섞여있다. 물가에 앉아 있노라니 물의 정원에 솟아오른 다리 난간이 설치 작품처럼 반짝인다. 이따금 기차가 소리를 내며 지나간다.

물의 정원을 지나자 조안면 보건지소 옆에 수종사를 알리는 간판이 반긴다. 수종사를 품고 있는 운길산을 오르는 길은 울퉁불퉁 투박하다. 길은 이리저리 숲을 뚫고 산을 오른다. 경사가 심하고 커브가 급하다. '슬로시티'를 추구하는 남양주시에 맞춰 천천히 오를 수밖에 없다.

다산은 이 길을 여러 번 올랐다. 「운길산에 올라」가 문집에 보인다. 일부분은 이러하다.

산을 바라보니 달리고 싶어
겨드랑이에 바람이 이누나
들녘 나무 다정해 곱기만 한데
산 속 길 드높고 바위투성이
중도에서 지칠까 염려스러워
아이들도 지팡이 짚게 하였네
차츰 높이 오르자 호방해져서
옷과 띠를 모두 다 풀어버렸네
望山欣欲奔 망산흔욕분
冷風生肘腋 랭풍생주액
野樹暄更姸 야수훤갱연
山逕高多石 산경고다석
却恐中道疲 각공중도피
卑幼許杖策 비유허장책
漸登意疏曠 점등의소광
衣帶俱已釋 의대구이석

산 밑에서 보면 수종사는 제비집처럼 산 정상 아래에 붙어있다. 한달음에 도착할 것 같다. 구름 아래 절만 보아도 벌써 신선이 된 것 같다. 겨드랑이에서 맑은 바람이 일어난다는 것은 하늘을 나는 신선이 되었다는 것이다. 날개가 돋아서 하늘로 올라가는 신선이 되었다. 그러나 산에 들면서부터 고난의 연속이다. 지금은 포장되었지만 예전에는 날카롭고 뾰족한 돌로 곤욕을 치렀을 것이다. 아이들에게 지팡이를 짚게 했다는 것은 그만큼 가파르고 힘든 길이었음을 알려준다. 오를수록 한강이 얼굴을 한 뼘씩 더 보여주어서 힘을 얻는다.

운길산수종사를 알려주는 일주문을 지나면 자그마한 불이문이 정겹게 기다린다. 좀 더 크고 웅장하게 건물을 지으려는 세태에 경종을 울린다. 나지막한 불이문은 시골집 대문 같다. 방문객에게 위협을 주지 않고 반갑게 맞아들인다. 험상궂은 사천왕상을 나무에 작고 친근감 있게 그려놓았다. 문은 돌계단으로 연결된다. 중간에서 운길산으로 향하는 등산객과 헤어지자 멀리 계단 끝에서 건물이 머리를 내민다. 계단이 끝나는 왼쪽 바위에 '나무아미타불(南無阿彌陀佛)'이 새겨져 있다. 아미타불에 귀의한

나무아미타불이 새겨진 바위

다는 뜻의 나무아미타불을 진심으로 외는 것은 흔들리는 마음을 안정시키기 위한 것이기도 하고, 흩어진 정신을 일념으로 만들기 위한 한 방편이기도 하다. 무엇보다 극락세계에 왕생하는 길을 얻을 수 있다고 한다. 응진전 옆 바위에 무량수여래불(無量壽如來佛)이 새겨져 있다. 무량수불인 '아미타불'를 높여 이르는 말이다. 축대를 쌓는데 재물을 시주한 정경대부인의 공덕을 기록한 글씨도 보인다. 아들은 정승을 지낸 조영하(趙寧夏, 1845~1884)다.

경내 우물에서 물을 한 모금 마셨다. 수종사(水鐘寺)는 물과 관련된 전설을 들려준다. 세조가 백관을 거느리고 금강산, 오대산 기도를 마치고 북한강 뱃길을 이용해 한양으로 향했다. 두물머리에서 묵다가 밤에 멀리서 울리는 맑고 은은한 종소리를 듣는다. 이튿날 종소리가 들린 운길산을 뒤졌으나 절은 안보이고 작은 암굴에 모셔진 16나한을 발견한다. 세조가 들은 종소리는 굴 천정에서 떨어진 물소리의 울림이었다. 그 자리에 절을 지을 것을 명하니 바로 수종사다.

삼정헌(三鼎軒) 마루에 앉았다. 평일이라 경내가 한가하다. 잠시 눈을 감자 시간이 멈추는가싶더니 왁자한 소리가 들려온다. 1783년 봄에 다산은 초시에 합격하고 고향으로 돌아가려 하자, 아버지께서 그간의 노고를 위로하듯 친구를 불러 요란하게 내려가라고 당부하였다. 여러 친구들과 배 안에서 장구 · 북 · 피리를 불며 돌아왔고, 사흘 뒤 젊은이 10여명과 함께 수종사로 향했다. 나이 든 사람은 소나 노새를 탔으며, 젊은 사람들은 걸어서 절에 도착하니 오후였다. 마침 동남쪽의 여러 봉우리들은 석양빛을 받아 빨갛게 물들었고, 강 위에서 반짝이는 햇빛이 창문으로 들어왔다. 여러 사람들이 서로 이야기하며 즐기는 동안 달이 대낮처럼 밝아왔다. 이리저리 거닐며 바라보면서 술을 가져오게 하고 시를 읊었다. 술이 몇 순배 돌자 다산은 세 가지 즐거움에 관한 이야기를 하여 여러 사람들을 기쁘게 하였다. 어렸을 때 노닐던 곳에 어른이 되어 오는 것, 곤궁했을 때 지나온 곳을 현달하여 찾아오는 것, 홀로 외롭게 지나가던 땅을 좋은 손님들과 맘에 맞는 친구들을 이끌고 오는 것. 이것이 다산이 생각한 세 가지 즐거움이었다. 이날 다산은 「봄날 수종사에서 노닐다」란 시를 짓는다. 일부분이다.

아스라한 강변에 어촌 보이고
위태로운 산머리 절간이 있네
생각 맑아져 외물이 가벼워지고
몸이 높으니 신선이 멀지 않구나
漁村生逈渚 어촌생형저
僧院寄危巓 승원기위전
慮澹須輕物 려담수경물
身高未遠仙 신고미원선

수종사에서 한강을 바라보면서 감탄하지 않는 자는 감정이 메마른 자다. 서거정이 동방의 사찰 중에 제일의 경관이라고 감탄했다는 말에 고개가 끄덕여진다. 북한강과 남한강은 아스라이 먼 곳에서 하얗게 만나고, 물길은 다산의 고향인 마재로 향한다. 겸재 정선은 그림으로 감탄을 대신하였고, 수많은 시인은 수종사에 오른 후 감격을 노래하였다.

눈을 경내로 돌리자 부도와 탑이 보인다. 부도에 세조의 고모 정의옹주의 사리를 세종 21년인 1439년에 모셨다. 탑은 8각 5층 석탑인데 규모가 작으면서도 빼어나다.

해우소로 향하니 500년 은행나무가 우뚝 서서 기다린다. 한음 이덕형이 수종사 덕인 스님에게 주었다는 시 두 편이 안내판에 실려있고, 사제마을로 내려가는 오솔길은 소나무 사이로 길게 이어진다.

수종사에서 바라본 두물머리

2

낙화,
역사를 생각하다

낙화, 역사를 생각하다

천마산
군립공원
대성리역
387
경춘선
금남IC
391
마석IC
벽계
노문리
(이항로생가)
속셋마을
86
화도IC
서종IC
고래산
수대울
조안면
노적봉
송촌리
운길산역
중앙선

흰 꽃 어지러이 날리네

수종사에 오르니 벚꽃이 환하게 반겼는데, 수종사 아래 마을은 벚꽃이 지는 중이다. 성급하게 벌써 반 이상 바람 속으로 날려 보냈다. 송촌리는 딸기 체험하러 온 사람들로 북적인다. 하우스 옆을 지나자 달콤한 딸기 냄새가 후끈 달려온다. 자전거 길은 라이더들로 붐빈다.

예전에 송촌리를 사제(莎堤)라 불렀다. 이곳에 이항복과 절친한 사이로 많은 일화를 남긴 이덕형(李德馨, 1561~1613)의 자취가 남아 있다. 임진왜란이 일어나 왕이 평양에 당도했을 때 왜적이 벌써 대동강에 이르러 화의를 요청했다. 이덕형은 혼자 일본 장수와 회담하고 대의로써 그들의 침략을 공박했다. 그 뒤 명나라에 파견되어 파병을 성취시켰다. 정유재란이 일어나자 명나라를 설복해 서울의 방어를 강화하는 한편, 스스로 명군과 울산까지 동행하였다. 이어 명나라 제독과 함께 순천에 이르러 통제사 이순신과 함께 적군을 대파하였다. 공을 세웠으나 무고와 질투로 하루도 편안한 날이 없었다. 45세인 1605년에 서울을 떠나 편히 쉴 별장을 사제 마을에 마련했다. 북한강을 끼고 아름다운 풍광이 있어 당대의 귀인과 명인들이 찾아오곤 했다.

「스님 덕인(德仁)에게 주다」가 『한음문고』에 남아 있다.

수종사에서 온 스님 사립문 두드렸을 때
앞개울은 얼어붙고 온 산은 흰 눈이었지
첩첩 푸른 산 사이로 두 강물 두른 곳
늘그막에 나누어 차지하고 한가롭게 보내네
僧從西崦扣柴關 승종서엄구시관
凍合前溪雪滿山 동합전계설만산
萬疊青螺雙練帶 만첩청라쌍련대
不妨分占暮年閑 불방분점모년한

연세중학교 담장을 끼고 운길산 방향의 마을길을 따라 올라간다. 돌담에 기댄 나무들마다 꽃이 피었다. 뽀얀 목련이 마을을 환하게 한다. 산수유는 벽돌집을 부드럽게 만들고, 흰 매화와 붉은 복숭아꽃은 한껏 달아오른 봄날의 공기를 더 부풀어 오르게 한다. 야트막한 돌담이 정겨운 길을 따라가다가 송촌2리 경로당 앞에 잠시 멈춰, 길가에 세워진 이덕형의 시비를 읽는다. "큰 盞(잔)에 가득 부어 醉(취)토록 머그면서 / 萬古英雄(만고영웅)을 손고바 혀여보니 / 아마도 劉伶(유령) 李白(이백)이 내 벗인가 하노라." 송촌리에 머물면서 지은 것 같다. 이곳에서 유유자적 생활하다 보니 참다운 영웅은 권세를 가지고 세상을 호령하는 사람이 아니라, 죽림칠현의 유령 같은 선비, 또는 술과 낭만으로 일생을 보낸 이백 같은 사람이라는 것을 알게 되었다. 그러나 나라 일을 걱정하다 병으로 세상을 떠났으니 답답한 마음을 술과 시가 해소시키지는 못하였던 것 같다.

오르막 시골길은 수종사로 올라가는 등산로와 갈라진다. 이덕형이 거처하던 별장에서 체취를 느낄 수 있는 것은 400년이 넘은 은행나무 두 그

이덕형 별장 터

루와 하마석이다. 별장터를 알려주는 기념비 옆에 정자가 복원되었고, 그 옆에서 목련은 하얗게 웃는다.

후에 다산은 한음의 초상화에 바치는 글을 지었다.

> 유언비어가 몸을 죽일 듯했어도
> 임금은 본심을 꿰뚫어 알아주었네
> 뼈를 깎는 무서운 상소를 올려도
> 어리석은 임금이었으나 내쫓지 못했네
> 높은 충성심과 큰 절개가
> 모두의 마음을 만족시키지 못했다면
> 아무리 하늘과 귀신이 돌보고 보살폈어도
> 누가 그에게 그런 큰 복을 내렸으랴

글을 지으면서 본인의 삶을 연상하였을 것이다. 다산의 삶은 시기와 질투의 가시덤불을 헤쳐 나온 과정이었다. 늘 시비가 뒤따랐다. 정조는 언제나 다산의 편이 되어주었다. 특별한 애정을 보여주었다. 그것이 더 큰 화를 불러오리라고는 생각하지 못하였다. 한음은 임진왜란이 일어났을 때 공을 세웠으나 소인배들의 무고로 편안한 날이 없자 낙향했다. 다산은 긴 유배생활을 해야 했다.

자전거 길을 따라 걷다보니 용진나루터였음을 알려주는 표지석이 보인다. 용진나루터는 남양주시와 양평군을 연결하는 나루였다. 서울에서 경상도 북부지역으로 가고자 할 때와 건축용 목재를 운반하는데 주로 이용하였다. 조선시대에는 수군참군이 있었던 장소로 남한강과 북한강이 만나는 지점에 내왕하는 배들을 관리하던 군사적 요충지였다. 대한제국 말부터는 선교사들의 교통 거점지로도 활용되었다고 한다. 팔당댐의 준공으로 인하여 나루터는 수몰되었고, 지금은 표지석만 서있다.

다산은 이곳을 지나다가 흰 꽃무더기를 보고 시를 짓는다.

수종산 아래 흰 꽃이 어지러이 날리니
천 그루 배나무 꽃이 하나의 구름 같네
왕융이 오얏씨 뚫던 일을 말하지 마소
죽림칠현의 명칭에 남은 향기가 있다오
水鍾山下白紛紛 수종산하백분분
千樹梨花一字雲 천수이화일자운
休說王戎鑽李核 휴설왕융찬이핵
竹林名號有餘芬 죽림명호유여분

이 일대에 배나무가 많아 나루 이름을 배용진이라고도 했을 정도로 봄철에 꽃이 대단했다. 다산이 지날 때도 마찬가지였다. 예전에는 배꽃이 하얗게 뒤덮었지만 지금은 하우스가 하얗게 빛나며 딸기 냄새를 풍긴다.

배꽃을 보며 중국 위진시대에 부패한 정치에 등을 돌리고 깨끗하고 청렴하게 산 죽림칠현을 떠올린다. 그들은 항상 죽림 아래에 모여 마음 내키는 대로 술을 즐기며 유유자적했다. 다산이 말년에 추구하던 일민의 모습이다. 그렇기 때문에 그는 왕융에 대하여 호의적이었다. 왕융의 집에는 맛있는 오얏이 열리는 오얏나무가 있었다. 왕융은 이 열매를 팔아 부자가 되었다. 그런데 이웃사람들이 혹시 그 오얏씨를 가져다 심어 재미를 볼까 하여 모든 씨앗에 구멍을 뚫었다고 한다. 사람들은 그의 용렬함을 비판했지만, 다산은 이것을 작은 흠결로 보았던 것이다. 한때 서학을 접한 것 때문에 고통 받았던 일을 생각해서일까. 다산의 신산했던 유배생활을 떠올리는데 벚꽃마저 지니 우울해진다.

용진나루

수대울에서 권순장을 기리다

양수리 옆 마을은 문호리다. 문호리에 속한 수대울은 서종면사무소로 가기 전 깊은 골짜기다. 99골이라 불릴 정도로 산림이 울창하여 산판이 많았고, 인근의 배들은 장작을 서울로 운반하여 생계를 이었다. 장작을 싣기도 하고, 건너편 마을인 삼봉리를 이어주던 나루가 있었다. 다산이 나루터에서 잠깐 쉬었을 때, 이곳에 사는 사람이 술을 가지고 와서 대접을 했다.

수대울 그윽한 곳 초정(草亭) 있는데
다섯 홍살문 번쩍번쩍 빛나네
산골 사람 송별하는 인심 후하여
수양버들 그늘로 술병을 가지고 오네
壽谷幽棲一草亭 수곡유서일초정
煌煌綽楔五紅欞 황황작설오홍령
山家送別風情厚 산가송별풍정후
垂柳陰中帶酒甁 수류음중대주병

다산은 시를 짓게 된 이유를 밝힌다. 충렬공(忠烈公) 권순장(權順長)이 강화도에서 순절할 적에 자녀들도 따라 죽어 이곳 수대울에 정문이 세워졌으며, 충렬공의 손자인 희(曦)가 술을 가지고 와서 전송해주었다고 고마운 마음을 적었다. 나루터 옆 수양버드나무 아래서 따가운 봄볕을 피하다가 술 한 잔 하고 흥에 겨워 시를 지었다.

권순장(權順長, 1606~1637)에 대한 기록은 『조선왕조실록』에 자세히 나와있다. 1637년에 몽고군에 의해 강화도가 함락될 때였다. 우의정 김상용(金尙容)은 임금의 분부에 따라 먼저 강도(江都)에 들어갔다가 형세가 급박해지자 성의 남문루에 올라가 앞에 화약을 장치한 뒤 좌우를 물러가게 하고 불 속에 뛰어들었다. 이때 그의 손자 한 명과 노복 한 명이 따라 죽었다. 권순장도 남문루에 갔는데, 김상용이 불에 타죽으며 피하라고 하였으나 듣지 않고 함께 죽었다. 더 자세한 내용은 『연려실기술』에 보인다. 간략하게 살펴본다.

> 강화도가 위험에 처하자 권순장은 비분강개하며 말하기를, "임금의 안위를 알 수 없으니, 나와 함께 나루터 싸움터에 나갈 자가 있는가? 이와 같은 것이 비록 반드시 승패에 유익하지 않을지라도 홀로 편안히 앉아서 밥이나 먹고 지내면서 세월을 허송하는 것보다는 낫지 않겠느냐." 하였다. 이에 선비들이 모여들었고 빈궁(嬪宮)의 호위병사가 되어 성을 지켰는데, 이때 두 아우를 보내 늙은 어머니를 피난시켜 구하게 하고, 자기는 마침내 불에 타죽었다.
>
> 순장의 아내 이씨는 그때 송정촌(松亭村)에서 병난을 피하고 있다가 순장이 죽었다는 말을 듣고 세 딸과 두 아들을 먼저 죽이고 마침내 스스로 목을 찔러 죽었다. 순장의 딸은 나이 12세인데 역시 목을 매 죽었으며, 이씨의 여동생으로 출가하지 않은 자와 여러 종족의 부녀가 모두 죽고, 사내종 의남(宜男)과 계집종 의례(宜禮)도 죽어 아울러 정려하였다.

전쟁이 끝난 후 인조는 권순장을 사헌부 지평에 증직하고 자손들을 특별히 보살피라 명하였다. 숙종은 의정부 좌찬성에 추증하고 충렬공이라는 시호를 내렸다. 다시 영조 때에 이르러 순절한 모두를 기려 다섯개를 홍문을 마을에 세웠다.

다산은 어떤 마음이었을까. 나라를 위해 순국한 권순장의 절의에 고개를 숙였겠지만, 그런 상황을 만든 위정자들에 대한 분노가 훨씬 더 컸을 것이다. 다만 시에 분노가 들어가지 않았을 뿐이다.

수대울로 향하는 좁은 길은 산 뒤로 금방 사라진다. 산 사이로 골짜기가 깊게 보인다. 보이지 않던 논과 밭도 보인다. 마을 회관을 지나 충렬공의 묘소를 물으니 뒷산을 가리킨다. 길에서도 비석이 보인다. 가까이 가니 길에서 본 비는 최근에 새로 세운 것이고 옆에 판독하기 어려울 정도로 오래된 신도비가 웅장하게 서 있다. 비의 주인공은 권덕여(權德輿, 1518~1591)다. 그는 성절사로 명나라에 다녀왔으며, 황해감사를 지낸 뒤 이조참의 · 도승지 · 부제학 등을 거쳤다.

신도비 위로 묘가 보이고 앞에 묘비가 서 있다. 권순장의 묘비명을 새긴 묘비다. 묘비명 끝부분은 이렇게 끝난다.

> 얼음이나 눈도 공의 청결(淸潔) 지나칠 수 없고,
> 소나무나 잣나무도 공의 정렬(貞烈) 넘을 수 없도다.
> 지아비와 지어미 둘 다 절의(節義) 이룩했기에,
> 내 무덤에 명(銘)하니, 명성이 영원히 가리로다.

묘지 앞에 섰다. 한창 일할 나이인 30대 초반에 불 속으로 들어간 무덤 주인공의 마음을 참으로 헤아리기 어렵다. 부끄러울 따름이다. 주인공의

권순장 묘역

피처럼 붉게 물든 석상을 보니 고개가 숙여진다. 산비탈을 따라 오르니 권덕여의 묘지는 흔치 않은 사각 기단이다. 권덕여는 권순장의 증조할아버지다.

금남리에서 출발하여 벽계를 유람하다

금남리에 닿았다. 마을 사람들은 금남리를 내밀원이라 부른다. 금남3리는 400년 전 전씨 일족이 만든 마을이다. 마을에 소리와 가락을 좋아하던 이가 있었다. 매일 거문고를 타고 놀았다고 해서 검터라고 불리다가, 금대(琴臺)로 바뀌었다고 한다. 금남1리는 금중이라 하고, 금남2리는 금신 또는 박씨가 많이 살아서 박마을이라 한다.

내밀원은 옛 기록에 남일원으로 남아있다. 신흠(申欽, 1566~1628)은 1616년 인목대비 폐비사건으로 이듬해 1월에 춘천으로 유배를 가게 되었다. 그 때 1월 8일 저녁에 남일원에서 고단한 몸을 뉘었다. 다산의 『산수심원기』에도 남일원이 언급된다. "산수(汕水)는 남쪽으로 흘러 수입촌에 이르러서 좌측으로 벽계의 물을 거치며, 남일원 · 공달천을 지나 용진이 되고 남자주 남쪽에 이르러 습수(濕水)와 합류한다."라고 기록하였다. 『산행일기』에서도 이 마을을 언급한다. "식사가 끝나자 출발하여 또 한 굽이를 돌아 검동촌을 거쳐서 남일원에 이르고 마석뢰로 내려가는데 물살이 약간 거세다. 수입촌을 지나는데 마침 두 사람이 물가에 앉아 피리를 불고 거문고를 뜯고 있다. 불러서 배에 같이 싣고 몇 리를 물 따라 내려가니 자못 적적한 심회를 달랠 만하다." 검동촌은 금남리의 검터를 말한다. 마석뢰는 서호미술관 부근의 여울을 말한다. 수입촌은 금남초등학교 맞은편에 있는 양평군 서종면의 '무드리'로 상류로 올라가면서 벽계구곡이 있다.

다산은 아침 일찍 남일원을 출발하면서 두보의 시에 화답하는 시를 지었다.

바람 안 불면 닻줄 맸다가
바람이 불면 돛을 걸어라
늘 연파(煙波) 노인 생각하니
초계와 삽계에 배를 띄웠네
不風且曳纜 불풍차예람
得風斯掛席 득풍사괘석
每懷煙波叟 매회연파수
苕霅泛其宅 초삽범기택

고향에 돌아온 다산은 배를 타고 유유자적 살고 싶었다. 춘천으로 여행을 떠나는 배의 한쪽 기둥에 '장지화가 초계와 삽계 초삽에서 노닌 취미'라고 썼을 정도였다. 연파(煙波)는 바로 장지화가 스스로 지은 호인 연파조도(煙波釣徒)의 준말이다. 남일원에서 배를 띄워 북한강 상류로 향하는 다산은 바로 연파노인인 셈이다.

동쪽으로 수석촌(水石村) 지나니
벽계(檗溪)의 후미진 곳 생각나네
철인은 심신수양을 중히 여겨
형체의 부림 받길 부끄러워하네

東過水石村 동과수석촌
尙想檗溪僻 상상벽계벽
哲人重神養 철인중신양
恥爲形所役 치위형소역

다산의 장편시는 계속 이어진다. 남일원을 출발하면서 동쪽을 바라보니 마을이 보인다. 수입리다. 다산은 이 마을을 지나며 상류 후미진 곳에 있는 벽계를 떠올린다. 원문에는 수입리가 아니라 수석촌으로 표기되어 있다. 어찌된 일인가. 다산 스스로 '벽계는 삼연(三淵) 김창흡(金昌翕)이 일찍이 살던 곳이다'라고 친절히 설명을 했다. 수석촌은 수입촌을 잘못 표기한 것이라고 볼 수밖에 없다. 시에 등장하는 철인(哲人)은 다름 아닌 김창흡이다.

우리 국토가 비록 좁긴 하지만
뜻만 홍겨우면 갈 곳도 많아라
설령(雪嶺)엔 지난 가지에 잎 피고
기이한 천석(泉石)을 지니고 있네
그리운 마음에 목이 타는 듯하여
한 방울 물이나마 축이고파라
國境縱褊小 국경종편소
竟逸多可適 경일다가적
雪嶺舒經枝 설령서경지
蓄藏奇泉石 축장기천석
戀結似焦渴 연결사초갈
志欲沾一滴 지욕첨일적

다산은 두 아들에게 시를 어떻게 써야 하는지 자세하게 편지로 알려준다. 우리나라 사람들은 걸핏하면 중국의 일을 인용하는데, 그는 비루한 품격이라고 비판한다. 그러면서 우리 선조들의 책을 참고하라고 지도한다. 『삼국사기』, 『고려사』, 『국조보감』, 『동국여지승람』, 『징비록』, 『연려실기술』을 대표적인 책으로 들었다. 기타 우리나라의 문헌들을 취하여 그 사실을 채집하고, 그 지방을 고찰해서 시에 넣어 사용하라고 알려준다. 그러한 뒤에라야 세상에 명성을 얻을 수 있고 후세에 남길 만한 작품이 된다고 강조한다. 시를 쓸 때 우리 것을 인용해야 한다는 생각은 우리 국토에 대한 사랑과 밀접한 관계다. 다산은 비록 좁지만 기이한 곳이 많은 조선 땅을 자유롭게 유람하며 흥겨움을 느끼고 싶어 했으나 쉽지 않았다.

운수 비색하여 얻은 건 없으나
기쁨과 슬픔은 떠날 수가 있건만
애석한 건 이 몸뚱이가 둔하여
사방을 두루 다닐 수 없으니
물에 뜬 오리가 되어서
구름 사이로 날기를 바랄 뿐
阨窮無所得 액궁무소득
尚能外欣慼 상능외흔척
惜此軀殼鈍 석차구각둔
無由徧行跡 무유편행적
勉爲水中鳧 면위수중부
仰冀雲間翮 앙기운간핵

다산시의 마지막 부분은 마음을 아프게 한다. 물에 뜬 오리가 되어서 구름 사이로 날기를 바란다는 것은 유유자적 살고 싶다는 다른 표현이다. 다산은 자유롭게 여행을 하지 못하다가 춘천으로 두 번의 유람을 하면서 자유로운 오리가 될 수 있었다.

금남리 건너편 마을은 양평군 서종면 수입리다. 물이 마을 앞으로 돌아든다고 해서 '무드리'라 불렀다. 상류에서 흘러온 벽계천은 수입리를 통과하여 북한강과 만난다. 다리를 건너기 전에 벽계천을 따라 내려가면 이제신(李濟臣, 1536~1583)의 신도비가 언덕 위에 있다. 그는 명종 때에 벼슬을 두루 거쳤으며 함경북도 병마절도사를 지냈다. 시문에 능했고 글씨를 잘 써 서예가로도 이름이 높았다. 저서로 『청강집(淸江集)』이 있다. 신도비는 광해군 13년인 1621년에 세워졌으며 비문은 신흠이 짓고 최립(崔岦)이 글씨를 썼다.

벽계천도 길도 구불구불하다. 이제신의 후손인 이덕수(李德壽, 1673~1744)는 이곳에 살며 호를 벽계라 하고, 이 일대 자연풍광의 아름다움을 「벽계기」에 남겼다. "내가 용추와 용담에서 노닐다가 숲길을 헤치며 홀로 가다보면 마치 세상의 바깥에 있는 것 같은 느낌이다. 사자암에 다다르면 마음은 깨끗해지고, 속세의 티끌이 모두 사라진다. 바위 위에 오르면 바람을 타고 훌쩍 날아 갈 것만 같은 느낌이 들고, 바위에서 내려와 편안하게 앉으면 생각은 그윽해지고 호젓한 멋이 있다"라고 벽계의 진면목을 묘사하였다. 하천의 모습도 자세하다. "거북과 자라, 붕어, 쏘가리가 많다. 여기서부터 다시 서쪽으로 몇 리를 가면 얕은 곳과 깊은 곳, 소용돌이치는 곳과 잔잔히 흐르는 곳이 있다. 얕은 곳은 거울 같이 맑고 깊은 곳은 바위처럼 휘감아 돈다. 소용돌이치는 곳은 화살이 날아가는 것과 같고

금남리를 가로지르는 고속도로 교각

이덕수 묘역

잔잔히 흐르는 곳은 비단을 펼쳐놓은 듯하다."

「벽계기」를 읽으며 이제신 선생을 기리기 위해 설립된 '청강기념관'을 찾아가는 좁은 길은 '녹수재' 앞 주차장에서 멎는다. 재실 뒤에 기념관이 있고, 기념관을 지나자 전의이씨 선산이 한 눈에 들어온다.

이덕수는 동지 겸 사은부사로 청나라에 다녀왔고, 문장이 출중해 홍문관과 예문관 관직에 여러 차례 올랐다. 성품이 조심스럽고 온후해 당론에 뛰어들지 않아 영조의 두터운 신임을 받았다. 그는 1725년에 수입리에 들어와 몇 년을 살았고, 죽어서 수입리 선산에 묻혔다. 이덕수는 벽계의 지족암에 머물며 시를 지었다.

고동산(古同山) 아래 벽계는 맑고
희미한 안개 달 안고 골짜기에 끼었네
귀향했으나 출세하리라 말하지만
이미 만족하여 집 이름 걸었네
벼슬은 구덩이고 멈춤은 현명한 것
부르는 왕명으로 눈앞에 익숙칠 말길
세상살이에 이 이치 있다면
모든 재난 제삼천에 이르리

古同山下蘗溪清 고동산하벽계청
抱月迷烟一壑平 포월미연일학평
誰道故田須宦達 수도귀전수환달
已將知足揭堂名 이장지족게당명
仕爲窞井止爲賢 사위담정지위현
不用徵書慣眼前 불용징서관안전
可獨人間存此理 가독인간존차리
三灾唯到第三天 삼재유도제삼천

노문리로 가기 위해서 되돌아 나왔다. 도로명 주소가 '화서로'다. 화서로는 하천을 따라 구불구불 가다가 산을 넘기도 한다. 차를 만나면 멈추었다 가야할 정도다. 제대로 가는지 의심을 할 정도로 좁고 오래된 길이다. 길은 특이하게 화서마을을 알리는 문을 통과한다. 비탈에 쌓은 축대위로 생가가 우뚝하게 보인다. 단단한 축대와 절제되고 간결한 기와집은 집 주인의 성품을 느끼게 한다. 왼편에 기념관이 오른편에 벽계강당이 자리 잡고 있다.

화서(華西) 이항로(李恒老, 1792~1868)의 부친인 이회장(李晦章)은 벽계로 들어와 터를 잡은 후 청화정사를 건립했고, 이항로는 강학의 장소로 사용했다. 이곳에서 한말 의병운동과 척양척왜의 기본논리인 위정척사의 시대정신이 싹텄다. 중암 김평묵(1819~1891), 성재 유중교(1832~1893), 면암 최익현(1833~1906), 의암 유인석(1842~1915) 등 한말 운동의 이론가 및 실천가들이 모두 이곳에서 배출되었다.

생가 뒤쪽 산기슭을 향하자 입구에 화서의 신도비가 서 있다. 가파른 기슭엔 혼란한 조선시대를 온몸으로 통과한 화서 이항로를 비롯하여 벽진 이씨들이 햇살 아래 누워있다.

노산사는 이항로가 살아 있던 당시, 그가 경모하던 주자와 송시열의 위패와 영정을 모셔놓았던 사당이다. 이항로가 죽은 후에는 후손들이 그의 영정도 함께 모셨다. 노산사 앞에는 '제월대'라고 새긴 자연석과 기념비가 자리하고 있다.

생가 앞을 흐르는 시내로 내려갔다. 용문산에서 흘러 내려오는 하천인 벽계의 이곳저곳에 벽계구곡과 노산팔경이 있다. 수천 년을 흐르는 물에 화서가 뜻을 즐기면서 노닐었던 '낙지암'이 나그네를 반긴다.

이항로 생가

이항로 묘역

책을 덮고 말없이 앉았다가는
문을 열고 가고 또 가보네
지는 꽃이 세상의 적막 잊게 하는데
흐르는 물이야 사람 마음 맑게 해주네
만 가지 나무에 봄빛이 펴지는데
온 전답에는 빗물에 곡식 자라네
한가롭게 살면서 세월을 붙잡으니
괜스레 옛사람의 정취가 떠오르네

斂卷無言坐 렴권무언좌
出門時復行 출문시부행
落花忘世寂 락화망세적
流水逼人清 류수핍인청
萬樹春心發 만수춘심발
千畦雨澤生 천휴우택생
閒居留歲月 한거류세월
聊得古人情 료득고인정

「낙지암」이라는 시다. 흐르는 물속에 솟아 있는 바위를 '뜻을 즐기는 바위'라고 이름하고 때때로 올라가 시를 짓고 마음을 맑게 하는 수양의 장소로 삼았다. 흐르는 물 속에서 바위는 굳게 버티면서 화서의 마음을 전해준다.

노문리 마을회관 앞 느티나무는 이곳을 드나들던 한말의 우국지사를 보았을까. 나무를 어루만지며 한동안 서 있었다. 보건진료소를 지나 조그만 고개를 넘자 속셋마을이다. 이곳은 삼연 김창흡이 살던 곳이다. 수소문을 해봤으나 아쉽게도 흔적을 찾을 길이 없었다. 그는 1693년에 이곳으로 들어왔고, 이곳을 베이스캠프삼아 이곳저곳을 돌아다녔다. 설악산에 거처를 마련해 머물다가 이곳으로 돌아오곤 했다. 설악산 갈역정사에서 「갈역잡영」을 읊조렸듯이, 이곳에서는 벽계를 제목으로 한 시가 수십 편이 넘는다. 그는 벽계에서의 삶을 「벽계만영(檗溪漫詠)」에 담백하게 그려 넣었다.

노을 울타리에 지자 물소리만 들리는데
때마침 성근 별 서쪽 나무에 떠 있네
서리 내린 밭 수확 적다 말하지 말라
밤에 찧다보면 늘 새벽 닭 울 때가 되네
山昏籬落但聞溪 산혼리락단문계
時見疎星亂木西 시견소성란목서
莫道霜田收穫少 막도상전수확소
夜舂常犯五更雞 야용상범오경계

속셋마을 정류장

그가 이곳을 마지막으로 찾았을 때는 1719년이었고, 1722년에 절명시를 지었다. 속셋마을 정류장에 앉아서 삼연을 생각하니 특별한 인연이 아닐 수 없다. 신철원 삼부연폭포 위에서 그의 흔적을 처음 만났고, 설악산 이 계곡 저 계곡에서 그의 집터와 시를 만나곤 했다. 화천 사창리에서 그의 곡구정사를 찾아내기도 했다. 그런데 양평의 깊은 계곡 벽계에서 또 만날 줄이야. 이것도 운명이리라. 삼연에 대한 다산의 시를 속셋마을 정류장에서 읽는다.

거룩할사 김삼연 선생께서는
청사의 열전에도 아니 부끄러워
그 어찌 알았으랴 경상 가문에
그와 같은 선골이 나타날 줄을
벼슬 녹 내던지고 휘파람 불며
여기저기 명산을 두루 다녔네
어쩌다 뜻 맞으면 그냥 머물러
미련없이 마음껏 활개를 펴고
거년엔 골짝 구름에 깃들었다가
금년엔 회양목 시내 자리 잡았네
붓대를 휘갈기면 끝없는 문장
안개며 노을빛이 종이 수놓아
영광 치욕 모두 다 놀라지 않고
순탄함과 역경에 변함없었네
세상을 이와 같이 살 수 있다면
인생이 번개처럼 빨리 갈 거야
偉哉金三淵 위재김삼연
不愧淸士傳 불괴청사전

豈意卿相門 기의경상문
忽此仙骨現 홀차선골현
長嘯蹤軒冕 장소종헌면
游歷名山遍 유역명산편
適意便止居 적의편지거
翩翩無係戀 편편무계연
去年谷雲棲 거년곡운서
今年檗溪奠 금년벽계전
縱筆千萬言 종필천만언
煙霞落紙面 연하낙지면
寵辱兩不驚 총욕량불경
夷險遂無變 이험수무변
度世會若此 도세회약차
人生如飛電 인생여비전

매바위는 기이하여 볼 만하였다

자전거 길은 금남리를 지나 구암리로 향하면서 강과 조금씩 멀어진다. 힘들지 않을 정도로 경사가 조금씩 높아진다. 정상에 오르자 서울과 춘천을 잇던 철길과 합쳐진다. 토요일이면 기타를 치며 MT를 가던 젊은이들로 들썩였던 기찻길이었다. 조그만 시골역마다 들린 무궁화호가 달리던 철길이었다. 레일이 철거되면서 이젠 자전거가 달린다. 걷기도 한다.

구암리를 소개하는 안내판 앞에 섰다. 구곡리의 '구(九)'자와 응암리의 '암(岩)'자를 따서 구암리가 되었다고 한다. 마을 모퉁이에 매처럼 생긴 매바위인 '응암(鷹岩)'이 있다고도 알려준다. 다시 걷기 시작했다. 길은 어느새 터널 안으로 들어선다. 기차는 터널 안에 들어서자마자 갑자기 요란한 소리를 내곤 했다. 터널에 들어서자 몇 십 년 추억 속으로 달려간다.

터널을 빠져나와 자전거 길에서 벗어났다. 과일을 파는 할머니께 매바위를 물어보니 불편한 다리를 이끌고 바위가 보이는 데까지 올라가 손가락으로 가르쳐주신다. 오던 방향으로 되돌아가니 길은 강 쪽으로 빠져나간다. 오토캠핑장을 지나갔다. 손님을 기다리는 수상놀이 시설 뒤로 산과 강이 만나면서 화룡점정(畵龍點睛)하듯 커다란 바위가 점처럼 강물에 찍혀있다. 다산은 배를 타고 지나가다가 응암을 보고 기이하여 볼 만하다고 감탄하였다. 가까이 갈수록 바위는 커지고 눈은 동그래지며 입은 벌어진다.

구운천은 남양주시와 가평군의 경계를 흐르는 하천이다. 다리를 건너면 바로 대성리다. 대동여지도는 이 하천을 굴운천(屈雲川)으로 표기하였다. 다른 옛 지도들을 살펴봐도 굴운천이다. 정확한 위치를 파악하기 어려우나 굴운역은 굴운천 주변에 있었을 것이다. 구암리란 이름도 굴운천과 관련이 있을 것 같다.

금남리 남일원에서 하룻밤 보내 유배객 신흠은 이곳을 지났다. "아침 일찍 떠나 굴운역에 이르렀다. 최기남(崔起男)이 두 아들 내길(來吉)과 명길(鳴吉)을 데리고 잠시 머무는 곳에 와서 전송하였다." 「강상록」의 한 대목이다. 신흠은 춘천으로 유배를 가던 길이었다. 그는 4년 후 춘천에서 자신

응암

에게 있었던 평생의 일을 1백 34운의 장편시로 써내려갔다. 「소양천객행(昭陽遷客行)」은 시로 쓴 자서전인 셈인데, 이 속에 굴운역에서 최기남과 만났던 일이 포함되어있다. 신흠의 기억 속에 지워지지 않는 사건이었다.

가고 또 가서 굴운(屈雲)에 당도하니
멀리 청하(淸河)가 역참에서 기다리는데
뒤에 두 아들 나란히 서있고
상복에 지팡이 짚고 짚신 신고
비통한 검은 얼굴로 괴롭게 말하길
궁지에서 더욱더 높은 의리 보이라
사귀는 정 담담하나 늙을수록 견고한데
저 세력을 좇는 자들은 참으로 더럽네

行行行到屈雲邊 행행행도굴운변
遙見淸河待郵址 요견청하대우지
坐後兩胤列雁行 좌후량윤렬안행
齊衰苴杖而草履 제쇠저장이초리
墨面慘慘出苦語 묵면참참출고어
亹亹窮途見高義 미미궁도견고의
交情淡淡老益堅 교정담담로익견
彼哉炎涼吁可鄙 피재염량우가비

최기남(崔起男, 1559~1619)은 아내의 상을 당했음에도 일부러 신흠을 만나기 위해 나왔다. 풀을 깔고 앉아 서로 고통스러움을 위로하며 얘기를 나누었다. 이야기를 반도 채 못 풀었는데, 관리의 재촉을 받아 작별해야만 했다. 그 후 두 사람은 가평과 춘천에 있으면서 편지를 주고받았다. 신흠은 "온 세상이 꺼리는 바가 되어 나를 묶는 법망이 마치 촘촘한 그물과 같았다. 평소에 사귀던 친지들이 다 손을 내저으며 돌아보지도 않았고, 모두 나를 마치 전염병자처럼 꺼리었다. 그런데 공이 이러하였다. 아, 공은 참으로 추운 겨울의 소나무와 같은 지조가 있었다."라고 회고할 정도였다.

최기남은 선조 38년인 1605년에 함경북도 평사로 나갔으며, 광해군 초기에는 정성과 효를 다할 것[盡誠孝], 성학을 두터이 할 것[敦聖學], 어질고 능력 있는 이를 임용할 것[任賢能], 군정을 다스릴 것[修軍政], 낡은 정치를 혁파할 것[革弊政], 임금의 뜻을 떨쳐 분발할 것[奮聖志] 등 6조를 올려 시대를 변혁하고자 했다. 영흥부사(永興府使)에 임명되었다가 인목대비를 폐출하는 옥사에 연루되어 삭직되었다. 이후 관직에서 물러난 뒤 가평에 은거하여 만곡정사(晩谷精舍)를 짓고 여생을 보냈다. 바로 이 때 신흠을 만난 것이다. 뒤에 아들 명길의 인조반정 공훈으로 인하여 영의정에 추증되었다.

후에 조현명(趙顯命, 1690~1752)은 이곳을 지나다가 시를 짓는다.

깊은 산골이라 다니는 사람 적어
새만 지저귀며 나그네 보내는데
강은 맑은 한강과 통하며 멀어지고
들판은 굴운에 이르자 넓어지네
밤에 쉬었다 새벽에 출발하며
아침 굶고 점심 때 되자
강 건너 나무는 푸르고
양근(楊根) 땅 산이 보이네
絶峽行人少 절협행인소
啼禽送客還 제금송객환

江通清漢遠 강통청한원
野到屈雲寬 야도굴운관
夜憇凌晨發 야게릉신발
朝飢當午餐 조기당오찬
蒼然隔水樹 창연격수수
已見楊根山 이견양근산

조현명은 가평읍 대곡리에서 하룻밤을 보내고 청평으로 향하였다. 깊은 산골은 가평과 청평을 잇는 상색리와 상천리 사이의 높은 산과 고개를 가리킨다. 청평을 지나면 가평에서 헤어진 북한강을 다시 만나게 된다. 청평과 대성리 사이로 산비탈 강가에 길이 있었지만 대성리와 굴운역에 이르자 비로소 넓어진다. 무슨 일이 있었는지 조현명은 빈속으로 대곡리를 출발하였고, 굴운역에 이르러서야 점심을 먹고 시를 한 수 지었다. 그는 이곳에 청춘들이 모여들어 젊음을 노래할 줄 몰랐으리라.

3 세상살이의 괴로움

세상살이의 괴로움

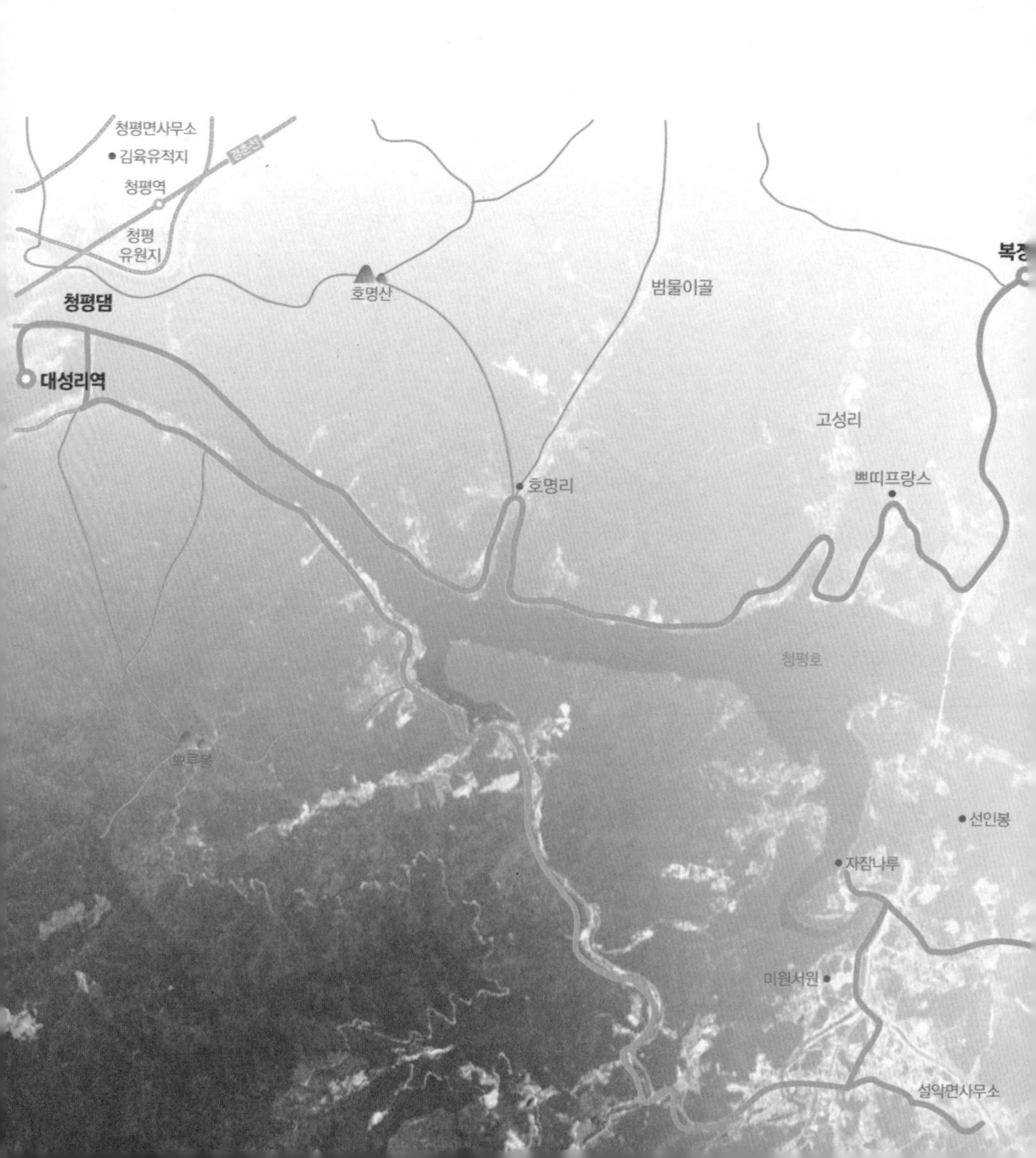
청평면사무소
김육유적지
청평역
청평
유원지
청평댐
대성리역
호명산
범물이골
고성리
호명리
쁘띠프랑스
청평호
선인봉
자잠나루
미원서원
설악면사무소

푸른 산이 갑자기 배 한 척 토해내네

대성리역을 지나자 옛날 고등학생의 모습이 떠오른다. 주말에 놀러왔었다. 모닥불을 가운데 두고 손뼉 치며 노래하는 장면과, 교련복을 입고 역 앞 의자에 앉아 기타 치던 모습이 스치고 지나간다. 역사는 더 커졌으며 높아졌다. 강가에서도 우람한 역사가 보일 정도다. 기차 소리는 더 작아졌고 속도는 더 빨라졌다. 지금도 주말이면 들뜬 청춘들을 쏟아낸다. 청평으로 향하는 자전거 길은 중간에 철길과 만나면서 나란히 달린다. 자전거는 땅 위를 달리고 기차는 긴 교량 위를 달린다. 신청평대교 그늘 아래에 멈추니 호명산과 청평댐이 보인다. 다산도 이쯤에서 청평쪽을 바라봤을 것이다.

청평 마을 경치 강을 향해 열렸는데
나직한 버들 흰모래 언덕 안고 돌았네
물이 다하여 근원 끊긴 곳에 이르니
푸른 산이 문득 한 척의 배 토하네
淸平村色對江開 청평촌색대강개
短柳晴沙抱岸廻 단유청사포안회

直到水窮源斷處 직도수궁원단처
青山忽吐一船來 청산홀토일선래

춘천에서 흘러오던 북한강은 관천리에서 홍천강과 만난다. 몸집을 부풀린 강물은 남쪽으로 내려오다가 설악면 송산리에서 갑자기 방향을 서쪽으로 튼다. 이 골짜기 저 골짜기의 물을 받아들이면서 더 커진 물은 가평에서 오는 조종천을 굽이치면서 받아들인다. 굽이치기 위해 몸을 비틀기 시작하던 곳이 청평댐이 서 있는 곳이다. 산 때문에 상류가 보이지 않으니 강을 따라 내려오는 배가 느닷없이 푸른 산이 토해내는 것처럼 보였을 것이다. 배를 토해내던 곳을 청평댐이 막고 있다. 댐이 생긴 것은 1944년이다.

청평댐과 호명산

조종천을 건너기 직전에 청평댐을 정면으로 보고 있는 작은 전망대에 앉았다. 잠시 앉아서 다산이 1802년에 강진에서 두 아들에게 쓴 편지를 꺼내 읽는다.

> 모름지기 실용적인 학문에 마음을 써서 옛사람들이 나라를 다스리고 세상을 구했던 글들을 즐겨 읽도록 해야 한다. 마음속에 항상 만백성을 윤택하게 하고 모든 사물을 기르려는 마음을 가진 뒤에야 비로소 참다운 독서를 한 군자라 할 수 있다.

실학자인 정약용의 생각이 잘 드러난 독서법이다. 두 아들에게 이렇게 책을 읽으라고 권유한다. 청평을 지나면서 실학자인 김육(金堉, 1580~1658)의 흔적을 그냥 지나칠 수 없다. 청평에 조세개혁과 대동법을 시행한 김육의 자취가 남아 있다.

김육의 젊은 시절은 고통의 연속이었다. 15세 때 아버지를 잃었으며, 21세 때 어머니를 잃었다. 인부를 살 돈이 없어 자신이 직접 무덤을 파고 장사지냈다. 그런 가운데서도 부지런히 공부해 25세 때 사마시에 장원으로 급제해 명성을 날렸다. 문묘배향 문제를 놓고 싸움을 벌인 끝에 대과 응시자격이 박탈되었고, 청평의 잠곡으로 이사했다. 다음 해에 자격박탈이 해제되었지만 벼슬길에 나가는 것을 단념하였다. 남의 소를 빌려 손수 밭을 갈다가 다시 기회를 잡은 것은 인조반정 이후였다. 마흔 넷이란 늦은 나이에 벼슬을 시작하였고, 청요직을 거치면서 효종 대에는 영의정까지 올랐다.

임진왜란과 병자호란 이후 국난기에 김육은 분야를 가리지 않고 개혁

책을 건의하였다. 심혈을 기울인 개혁은 대동법의 확대 시행이었다. 세금 제도를 바꾸어 민생을 도모하는 대동법을 삼남에 확대하는 일은, 그가 우의정이 되어서야 비로소 시행되었다. 대동법 말고도 민생과 복리를 위해 노력하였다. 수차와 수레를 사용하여 생산력을 높이려 했고, 은광을 개발하고 점포를 설치하여 상공업을 진흥하려 했다. 도시에서 화폐를 유통하고 전국으로 확대하여 시장경제의 활성화를 꾀했다. 실학자 박제가는 "김육은 평생 동안 오로지 수레와 화폐 사용 두 가지 시책을 위해 노력하고 마음을 썼다"고 말할 정도였다.

숙종 31년인 1705년에 지방 유림은 김육의 학문과 덕행을 추모하기 위해 서원을 세우고 위패를 모셨다. 이후 서원 철폐령에 따라 철폐되었다가, 1983년 가평지역 유림이 청평안전유원지 안 옛터에 위패와 추모비를 건립하였다. 그러나 잠곡서원터를 발굴 조사하자 유적이 발견되지 않는 등 원 위치가 아니라는 결과가 나왔고, 청평도서관 앞으로 옮겨졌다.

잠곡서원 지도

도서관은 청평면사무소 옆에 있다. 새로 단장한 도서관 앞에 네모반듯하게 울타리를 세우고, 그 안에 추모비와 상석이 덩그러니 놓여있다. 추모비 뒷면에 김육의 행적이 자세하지만 안내판 하나 없으니 오히려 송구스럽다. 추모비를 보니 그가 지은 「역사를 보고 느낌이 있어서」가 떠오른다.

옛 역사책 보고픈 맘이 없는 건
볼 때마다 번번이 눈물 나서네
군자들은 반드시 곤액 당하고
소인들은 많이들 뜻 얻었다오
성공이 되려 하면 패망 싹트고
안정이 되려 하면 위험 이르네
그 옛날 삼대 시대 이후부터는
하루도 다스려진 적이 없다오
생민들은 그 역시 무슨 죄인가
저 푸른 하늘의 뜻 알 수가 없네
지난 일이 오히려 이와 같은데
하물며 오늘날의 일이겠는가

古史不欲觀 고사불욕관
觀之每迸淚 관지매병루
君子必困厄 군자필곤액
小人多得志 소인다득지
垂成敗忽萌 수성패홀맹
欲安危已至 욕안위이지
從來三代下 종래삼대하
不見一日治 불견일일치
生民亦何罪 생민역하죄
冥漠蒼天意 명막창천의
旣往尙如此 기왕상여차
而況當時事 이황당시사

그가 살아온 행적이 파노라마처럼 스쳐지나가고, 삶이 압축되어 나타난다. 그는 자신이 살던 청평의 잠곡을 이렇게 묘사했다. "근평(斤平)의 서쪽을 돌아다보니 청덕동(淸德洞)이 있는데, 땅은 넓어서 농사짓기에 알맞고, 물은 맑아서 갓끈을 씻을 만하도다. 푸른 산이 만 길 높이 솟아 있는데 고인(高人)이 우뚝 서 있는 듯이 늠름하고, 푸른 연못이 천 척이나 맑아 신물(神物)이 그 속에 숨어 똬리를 틀고 있는 듯하도다. 툭 트인 들판과 적막한 물가는 드넓고 그윽하다고 할 만하고, 사슴들은 무리 되고 푸른 솔은 벗이 되니 한가로이 노닐 수가 있겠도다. 굽이굽이 이끼가 낀 바윗돌은 모두가 엄자릉(嚴子陵)이 낚시질하기에 마땅하고, 넓고 넓은 들판은 참으로 장저(長沮)와 걸닉(桀溺)이 밭을 갈 만하도다."

후에 조현명(趙顯命, 1690~1752)은 이곳을 지나다가 김육을 위해 시를 바친다. "김육 살던 잠곡을 바라보나니, 일찍이 이곳에서 밭을 갈았네. 농사짓다 의정부에 올라, 법을 만들어 백성들 살리니, 이해(利害)는 백 년 만에 드러나고, 두루 미치는 혜택은 한 시대 만에 이루어졌네. 지금은 시대를 구원할 재상 없으니, 이웃에 물릴 세금 불쌍한 이에게 미치네"

청평에서 백성을 위해 은인자중하며 경작하고 공부한 김육을 생각하며 청평댐쪽으로 향했다. 김육이 경작했을지도 모를 벌판엔 청평역이 새롭게 들어섰고, 조종천은 말없이 청평을 휘감으며 흘러간다.

세상살이는 괴로움이다

다시 북한강을 따라 걷는다. 대성리쪽을 바라보니 첩첩이 양쪽으로 도열한 산 가운데로 북한강이 유유히 흐른다. 동쪽을 바라보니 청평댐이 강을 가로막고 서 있다. 가까이 가보니 청평제(淸平堤)라 새겨져 있다. 댐이 가로막고 있는 곳은 공포의 여울이었다. 강폭이 좁아 물이 급하게 흘러서 전여울[電灘]이라 했다. 이곳을 지나는 뱃사공들은 세찬 여울에 두려움을 느끼며 황공탄(惶恐灘)이라고도 불렀다. 두려울 황(惶)과 두려울 공(恐)을 함께 썼으니 공포를 이름에서 느낄 수 있다. 조현명은 「황공탄을 지나며」란 시를 썼고, 조재호(趙載浩, 1702~1762)도 같은 제목의 시를 남길 정도로 기억에 남는 곳이었다. 뱃사공들을 두려움에 떨게 했던 황공탄은 물 속에 잠기고 다산의 시에 남게 되었다.

출발하여 굴운(屈雲) 북쪽에 오자
골짜기 깊어 마을 없는데
황공탄이라는 사나운 여울이
산 입구에서 울부짖네
이것은 폭포의 부류이지

여울이라 말할 수 없네
고요한 하늘에 거센 바람 일어
소슬함이 따스한 봄 잊게 하고
눈은 어지럽고 심장은 놀래서
산도 같이 내달릴까 걱정했네
開頭屈雲北 개두굴운북
峽深無成村 협심무성촌
惡灘號惶恐 오탄호황공
哮怒當山門 효노당산문
玆是瀑布類 자시폭포류
不可湍瀨論 불가단뢰론
靜天生疾飆 정천생질표
瀟瀟忘春暄 소소망춘훤
目眩心腎駭 목현심신해
山嶽愁同奔 산악수동분

다산을 태운 배는 대성리를 지나 청평에 가까이 왔지만 마을은 보이지 않는다. 조종천을 따라 한 굽이 돈 곳에 마을이 자리 잡고 있어, 배를 타고 강을 따라 가는 사람에게 보이지 않는다. 아니 세찬 여울 때문에 주변이 제대로 보이지 않았을 것이다. 다산이 김육에 대해서 모를 리가 없건만 언급할 겨를이 없었다. 온통 주의는 여울에 쏠려 있었다. 소리가 얼마나 큰 지 울부짖는 것 같았다. 마치 범이 우는 소리를 내며 흐른다 하여 '범여울'이라고 불렀다고도 하니 공포 그 자체였을 것이다. 귀로 물소리에 겁을 먹었다면, 폭포같이 하얗게 부서져 내려오는 물을 보고 하얗게 질렸다. 마치 와폭(臥瀑)처럼 보였던 것이다.

신령한 위엄이 뱃길을 흔드니
명성은 특별히 가장 높은데
어렵게 험난한 곳을 지나서
다시 하늘과 땅 바로잡히니
숲의 나무 밝은 색이고
파도 사나움도 잔잔해졌네
예전에 배 만든 이 미워하니
바로 헌원씨 책망하고 싶네

神威震木道 신위진목도
聲聞特最尊 성문특최존
艱崎度絶險 간기도절험
復得整乾坤 부득정건곤
林木色昭明 임목색소명
波濤霽狂昏 파도제광혼
曩也咎作舟 낭야구작주
直欲誶軒轅 직욕수헌원

위험한 뱃길을 통과하니 모든 것이 제대로 보인다. 나무는 봄을 맞아 파랗고 잔잔한 강물은 주변의 산을 머금고 있다. 정신이 드니 여울 때문에 혼 난 것이 결국 배를 타고 이곳을 지났기 때문이라는 데까지 생각이 미친다. 그러자 배를 발명했다는 헌원씨(軒轅氏)를 탓한다. 헌원씨는 중국의 신화에 등장하는 제왕으로, 삼황에 이어 중국을 다스린 오제의 첫 번째 왕이다. 그는 배 뿐만 아니라 수레를 발명하고 집 짓는 방법과 옷 짜는 방법을 고안한 사람으로 알려져 있다.

상류로 올라가자 토요일이어서인지 굉음을 내는 오토바이가 바람을 일으키며 내달린다. 강가 나무 밑에서 점심을 먹었다. 북한강 굽이굽이에 별장이 들어섰다. 경관이 좋은 곳은 어김없이 계단식 택지가 주인을 기다리는 중이다. 여울마다 마을마다 시를 남긴 곳은 어김없이 펜션이 들어섰고, 카페와 음식점들이 사이사이를 비집고 들어섰다. 댐이 만든 인공호수 덕분에 수상레저 시설이 강변에 즐비하다.

강을 따라 나란하던 길이 산 속으로 깊이 들어간다. 댐이 생기기 전에는 깊은 골짜기였을 것이다. 호랑이 울음소리가 들리곤 했던 호후판은 호명리가 되었다. 예로부터 호명산(虎鳴山)에서 호랑이가 자주 내려오고, 밤낮없이 호랑이가 울어 범이 우는 마을로 불려왔다. 호랑이가 사람도 물어 가서 주민들은 산에 오르는 것을 꺼렸다. 주민들이 할 수 있는 것은 별로 없었다. 밤이면 싸리문을 닫아 범이 들어오지 못하게 하였고, 일 년에 한차례씩 산신에게 소를 잡아 제사를 지내며 안녕을 빌 뿐이었다.

청평댐

숨이 하도 가빠서 조금 쉬려고
닻줄 매고 산기슭 의지하니
누런 꾀꼬리 녹음으로 날아오고
푸르른 계절 풍경 무성도 하네
날이 개자 물은 다시 불고
풀 우거져 모래톱 흔적 없네
호후판이 무서운 곳이라고
들은 자가 배 안에 있어
술과 마른 고기 안주 권하며
몹시 놀란 마음을 수습하네

喘息思小憩 천식사소게
繫纜依山根 계람의산근
黃鸝赴綠陰 황려부록음
蔥然時景繁 총연시경번
新晴水更肥 신청수갱비
草沒沙無痕 초몰사무량
虎吼差可怕 호후차가파
船中聞者存 선중문자존
命酒嚼乾肉 명주작건육
且以收飛魂 차이수비혼

다산은 호명리에서 하룻밤을 보냈다. 세 집이 있었다. 두 집이 서로 상투를 잡고 치고받으며 싸우는데 마치 호랑이 우는 소리와 같았다. 한 집만 문을 닫고 있어서 그 집을 빌려 유숙하였다. 마침 주인 노파가 산에 올라 화전에 불을 놓다가 나무 그루터기에 발꿈치를 찔려 밤새도록 고통 때문에 울부짖었다. 창문을 사이에 두고 자던 다산은 잠을 이룰 수 없었다. 다산은 이처럼 세상이 괴롭다고 읊조린다.

한편 함께 여행을 하던 우생(禹生)은 몇 리를 가다가 멀미를 하여 뭍에 내려달라고 애원하였다. 내려놓고서 집으로 돌아가라고 권하였으나, 말을 듣지 않고 강가로 따라 좇아왔다. 이것 역시 다산의 마음을 괴롭게 하였다.

호명리를 지나다 길 옆 휴게소에 들렀다. 계산대를 지키던 청년은 아버지가 살 때도 이 마을에 세 집밖에 없었다고 한다. 계산을 하면서 그가 읽던 책을 보고 깜짝 놀랐다. 다산의 편지글을 모은 『유배지에서 보낸 편지』다. 다산이 예전에 이 마을에서 하룻밤 지냈다고 하니 이번엔 청년이 깜짝 놀란다.

뾰족한 신선봉 구름 위에 솟았네

톨게이트를 빠져나와 설악면사무소 방향으로 향한다. 면사무소 앞 회전교차로에서 설악고등학교 방향으로 가다가 길을 잃었다. 네비게이션을 틀지 않고 지도만 한번 보고 가다가 바로 차를 세웠다. 무모하게 자신한 것은 경현단(景賢壇) 있는 곳이 한적한 시골이었기 때문이었다. 그러나 설악면사무소가 있는 신천리는 생각보다 컸고, 도로도 복잡했으며 이곳저곳 모두 공사 중이다. 하천뿐만 아니라 도로를 확포장 하는 중이라 어수선하다.

신천2리에 유중교(柳重教)가 지은 한포서사(漢浦書社)가 있었다. 스승 이항로가 양평군 벽계에서 후학을 양성하던 청화정사의 전통을 이어 학풍을 진작하던 곳이다. 이항로가 사망한 뒤 유인석 · 유중악 · 이근원 등 한말의 우국지사들이 공부한 곳이기도 하다.

다리 위에서 서쪽을 바라보니 산기슭에 네모나게 담장을 두른 곳이 보인다. 경현단임을 직감하고 가는데 또 미로다. 선촌2리 노인회관을 지나자 경현단이 나타난다. 돌계단을 오르니 문미에 미원서원(迷原書院)이란 현판이 걸려있다. 이곳에 미원서원이 있었다. 1661년에 조광조(趙光祖)

와 김식(金湜)의 학문과 덕행을 추모하기 위해 서원을 창건하고 위패를 모셨다. 1668년에 김육(金堉), 1694년에 남언경(南彦經), 1734년에 이제신(李濟臣), 1792년에 김창흡(金昌翕)을 추가 배향했고, 대원군의 서원철폐령으로 1869년에 훼철되어 위패를 서원터에 묻게 되었다. 이 때 유중교는 「미원서원에 단을 마련하고 고하는 글」을 짓는다.

(전략) 생각건대, 여러 선생의 영령이 우리나라 사람들에게 엄연하게 임하신 지 지금까지 수백 년이 되었습니다. 법령의 압박으로 마침내 사당이 철거되니 사람들의 마음이 몹시 슬픕니다만, 의지하여 우러를 데가 없었습니다.

이에 삼가 사당이 있던 자리에 조선생의 위패와 다섯 선생의 위패를 묻고, 저마다 땅을 돋우어 단을 만들고, 순서에 따라 공경함을 다하고 사모하는 마음을 깃들일 곳으로 삼았습니다. 대개 예는 때에 따라 굽혀지는 경우가 있지만, 장소 때문에 정성을 펼 수 없는 경우는 없습니다. 공사를 마친 오늘, 주문공의 창주정사(滄洲精舍)의 선례를 대략 모방하여 공손히 한 잔 올리는 예를 펼칩니다. 존귀하신 영령께서는 그 뜻을 애닯게 여기시고 그 정성을 살피셔서, 이곳에 오르내리시며 저와 다른 사람들을 멀리하지 마시고, 하늘의 항상된 도리를 도와 열어주시어 사문을 널리 펼쳐, 아직 다 없어지지 않는 한 조각 양기(陽氣)로 하여금 다시 태(泰)로 돌아가는 날이 있게 해주십시오. 큰 소원을 이기지 못하겠습니다.

* 창주정사(滄洲精舍): 주자의 서실을 말한다.
* 태(泰): 태괘(泰卦)는 낮은 땅이 위로 가고 높은 하늘이 아래로 내려와 상하가 서로 교통하여 만사가 잘 풀리는 괘이다.

1919년 지방유림이 단을 설치하여 향사를 지내오다가 6·25사변 이후 퇴락했던 것을 1974년에 중수, 개축하였다. 동시에 박세호(朴世豪)·이원충(李元忠)·남도진(南道振)·이항로(李恒老)·김평묵(金平默)·유중교(柳重教)를 추가 배향하였다.

문에 들어서자 정면 중앙에 조광조와 김식의 비가 세워져 있고, 왼쪽으로 남언경·김육·박세호·남도진·김평묵의 비가 나란히 서있다. 오른쪽으로 이제신·김창흡·이원충·이항로·유중교의 비가 마주 서있다.

유중교는 1879년에 이곳에 들렸다가 느끼는 바가 있어서 시를 짓는다. "고종 임금 16년인 기묘년은 조광조 선생이 도의를 위해 목숨을 바친 지 360년이 된다. 이해 9월에 나는 미원서원의 신단에 가서 배알하고 시 두 수로 느낌을 적는다."라고 설명하고 이렇게 읊조린다.

경현단

성(誠)과 경(敬)으로 이치 증명하고
충(忠)과 효(孝)로 귀신을 움직였네
한 걸음도 굽은 적이 없었지만
결국에는 몸도 바치게 되었네
인욕은 제멋대로 극한까지 이르고
우리 도의는 깃발처럼 위태로운데
제단을 쓸고 오래 서있노라니
이 마음 아는 사람 누가 있으랴

誠敬證天日 성경증천일
忠孝動鬼神 충효동귀신
一步那曾枉 일보나증왕
竟也殉其身 경야순기신
人欲橫流極 인욕횡유극
吾道綴旒危 오도철류위
掃壇凝佇久 소단응저구
玆懷有誰知 자회유수지

유중교가 미원서원에서 시를 짓기 직전에 조선에서는 어떤 일이 일어났던가. 고종이 즉위한 초기에 서구의 개항 압력이 점점 노골화되어 1866년에 병인양요가 일어났고, 1871년엔 신미양요가 일어났다. 흥선 대원군은 이들을 물리치고 나서 쇄국정책을 펼치고 척화비를 설치하였고, 서원을 대폭적으로 철폐하여 오직 47개소만 남겼다. 1875년에 일본은 운요호 사건을 일으켜 조선을 강제 압박하고, 1876년에 강화도 조약(병자수호조약)을 체결한 후 조선은 개항을 하게 되었다. 이를 계기로 조선은 대외개방정책을 취하여 제국주의 세계체제에 편입되는 한편, 안으로는 개화정책을 실시했다. 이 시기에 이항로를 중심으로 한 화서학파는 조선의 유교

문화 전통을 수호하고 서양문화를 배척하는 운동을 벌이게 되었다. 정학(正學)인 성리학과 정도(正道)인 성리학적 질서를 수호하고, 성리학 이외의 모든 종교와 사상을 사학(邪學)으로 보아서 배격하는 운동인 위정척사(衛正斥邪) 운동인 것이다. 유중교의 시에서 풍전등화와 같은 그 시대의 혼란과 두려움, 아쉬움 등을 읽을 수 있다.

담장을 따라 한 바퀴를 돌았다. 경현단 아래로 면사무소가 있는 마을이 펼쳐졌고, 왼쪽으로 신선봉이 우뚝하다. 신선봉 아래 마을은 자잠마을이다. 다산이 춘천으로 향하다가 아침을 먹은 곳이다. 다산은 『산행일기』에 "16일. 늦게 개었다. 학연(學淵)이 병이 났기 때문에 늦게 출발하여 자잠포(紫岑浦)에서 조반을 먹고 복정포(福亭浦)에서 점심을 먹었다."라고 기록하고, 1820년에 지은 시를 인용하였다.

동쪽 협곡 입구 재갈 풀린 입 같고
자잠의 뾰족한 산 구름 위에 솟았네
꽃 떠서 흐르는 신비한 십리 물길
안개 때문 한 자 높아졌음을 알겠네
峽口東呀似解箝 협구동하사해겸
紫岑芒角入雲尖 자잠망각입운첨
靈源十里流花水 영원십리유화수
解使烟波一尺添 해사연파일척첨

자잠마을은 사룡리에 있는 자연부락이다. 옛 정취는 마을 이름을 새긴 이정표에만 남아 있고, 펜션과 수상놀이시설들이 새로운 분위기를 만든 지 오래다. 여기저기서 새로운 건물을 짓느라고 트럭이 먼지를 일으키며 달려간다. 예전에 나루터가 있었던 곳으로 내려갔다. 호수 옆 공터엔 수십 척의 배가 여름을 기다리며 정박해 있고, 호수엔 수상놀이를 할 수 있는 현대판 나루터가 손님을 기다린다. 이곳과 호수 건너 마을을 연결해주던 나루가 있었다. 청평댐 때문에 호수가 된 이곳은 미원천이 흘렀을 것이다. 자잠마을 뒷산은 신선봉이다. 신선들이 북한강을 내려다보며 장기와 바둑을 두며 놀았다 하여 붙여진 이름이라고 한다. 청평호를 따라 우뚝 솟은 바위산이라 힘이 느껴진다. 산 전체를 우읍산(禹揖山)이라 하고 정상을 선인봉(仙人峯)이라 부르기도 한다. 전하는 말에 의하면 우임금이 물을 다스리려 이곳까지 왔다가 읍(揖)을 하고 돌아가서 우읍산이란 이름이 붙었다고 한다. 유중교는 우읍산 아래에 살며 자신을 우하거사(禹下居士)라고 불렀다.

신선봉

경현단 배향 인물

- 조광조(趙光祖, 1482~1519) : 중종 때 도학정치를 주창하며 급진적인 개혁정책을 시행했으나, 훈구 세력의 반발을 사서 결국 죽임을 당했다. 20세 때 김종직의 학통을 이은 김굉필의 문하에서 가장 촉망받는 청년학자로서 사림파의 영수가 되었다. 조광조의 정치관은 유교를 정치와 교화의 근본으로 삼아 왕도정치를 실현해야 한다는 것이었다. 이 왕도정치의 구체적 실현방법으로 왕이나 관직에 있는 자들이 몸소 도학을 실천궁행해야 한다고 주장했는데, 이것을 지치주의 · 도학정치라고 했다. 그러나 이는 훈구파의 반발을 샀고, 모략에 의해 사사되었다.

- 김식(金湜, 1482~1520): 기묘팔현(己卯八賢)의 한 사람이다. 어려서 아버지를 여의고 학문에 열중하여 진사가 되었으나, 벼슬에 뜻을 두지 않고 주자학 연구에 몰두했다. 1519년(중종 14) 조광조 · 김정(金淨) 등 사림파의 건의로 실시된 현량과에 장원으로 급제하여 성균관사성이 되었고, 바로 홍문관직제학 · 홍문관부제학 · 대사성 등에 임명되었다. 그는 조광조와 함께 훈구세력 제거와 왕도정치 구현을 위해 정국공신(靖國功臣)의 위훈삭제, 향약 실시, 미신타파 등 개혁정치를 실시했다. 그러나 같은 해 11월 남곤(南袞) · 심정(沈貞) 등 훈구세력이 일으킨 기묘사화로 선산에 유배되었다. 그 뒤 신사무옥에 연좌되어 다시 절도로 이배된다는 말을 듣고 거창으로 피했다가 〈군신천재의 君臣千載義〉라는 시를 남기고 자살했다.

- 김육(金堉, 1580~1658): 임진왜란과 병자호란 등 국난의 시기를 살았던 인물로 백성 구제를 위해 대동법 실시를 주장했다. 그의 집안이 기묘사화에 연루된 서인 집안이었던 탓에 관직에 나아가지 않고 은거하다가 인조반정으로 서인이 집권하자 벼슬길에 들어섰다. 1638년 충청도관찰사로 있을 때 대동법과 균역법의 시행을 건의하는 상소를 올렸고, 중국의 제도를 본받아 수차를 만들어 농사를 짓게 하는 등 부국을 위해 힘쓰기도 했다. 그는 운명 직전에도 전라도 대동법안을 유언으로 상소할 만큼 의지와 집념을 보였다.

• 남언경(南彦經): 학행으로 천거되어 헌릉참봉이 되고, 1566년(명종 21)조식(曺植) · 이항(李恒) 등과 함께 발탁되어 지평현감(砥平縣監)이 되었다. 1573년(선조 6)양주목사가 되고, 이듬해지평(持平)에 임명되었으나 어머니의 병간호를 위해 그대로 머물 것을 요청하여 허락을 받았다. 1575년지평을 거쳐 장령이 되고, 이어서 집의를 거쳐 전주부윤이 되었으나, 1589년 정여립(鄭汝立)의 모반사건이 일어나자 사헌부의 탄핵을 받고 파직되었다. 1592년 다시 여주목사로 기용되었고, 이듬해 공조참의가 되었으나 이요(李瑤)와 함께 이황(李滉)을 비판하다가 양명학을 숭상한다는 빌미로 탄핵을 받고 사직하여 양근(楊根)의 영천동(靈川洞)에 물러나 한거하다 67세로 별세하였다.

• 이제신(李濟臣, 1536~1584): 본관은 전의. 자는 몽응, 호는 청강. 병마절도사 문성의 아들이며, 조욱의 문인이다. 1564년(명종 19) 식년문과로 급제한 뒤 승문원 권지정자가 되었고, 검열 · 성균관전적 · 형조정랑 · 공조정랑 · 호조정랑을 역임했다.

예조정랑으로서 〈명종실록〉의 편찬에 참여했고, 1571년(선조 4) 울산군수가 되어서 아전들의 탐욕을 막고 백성들의 불편을 없애는 데 힘썼다. 1578년 진주목사가 되어 선정을 펼쳤으나, 재직중 병부를 잃고 사임 · 은거했다. 다시 강계부사로 등용되고, 이어 함경북도 병마절도사가 되었으나, 1583년 여진족의 침입으로 경원부가 함락되자 책임을 물어 의주 인산진에 유배되었다가 그곳에서 죽었다. 1584년 신원되어 병조판서에 추증되었고, 청백리에 기록되었다.

시문과 글씨에 능했으며, 저서로는 〈청강집〉 · 〈청강쇄어〉 · 〈진성잡기 鎭城雜記〉 등이 전한다. 특히 〈청강쇄어〉의 탈춤에 관한 기록은 조선 전기 탈춤의 실태를 연구하는 데 중요한 자료가 된다.

- 김창흡(金昌翕, 1653~1722): 좌의정 상헌의 증손자이며, 영의정 수항의 셋째 아들이다. 김창집과 김창협의 동생이기도 하다. 형 창협과 함께 성리학과 문장으로 널리 이름을 떨쳤다.
  과거에는 관심이 없었으나 부모의 명령으로 응시했고 1673년(현종 14) 진사시에 합격한 뒤로는 과거를 보지 않았다. 김석주(金錫胄)의 추천으로 장악원 주부에 임명되었으나 벼슬에 뜻이 없어 나가지 않았고, 기사환국 때 아버지가 사약을 받고 죽자 은거했다.
  〈장자〉와 사마천의 〈사기〉를 좋아하고 도(道)를 행하는 데 힘썼다. 1696년 서연관, 1721년 집의가 되었다. 이듬해 영조가 세제로 책봉되자 세제시강원에 임명되었으나 나가지 않았다. 신임사화로 외딴 섬에 유배된 형 창집이 사약을 받고 죽자, 그도 지병이 악화되어 죽었다.

- 박세호(朴世豪, 1466~): 본관은 고령(高靈)이며 자는 거정(巨正)이고 호는 롱담(籠潭)이다. 세종 때 부제학을 지낸 처륜(處綸)의 아들이다. 1528년(중종 23) 무년시 문과에 급제하고 예조정랑(禮曹正郎)을 거쳐 영월부사를 역임하였다. 기미사화로 문학동기인 조광조(趙光祖)가 반대파당에 해를 입자 유생들과 함께 상소를 올렸다가 투옥되었으나 바로 사면되었다.

- 이원충(李元忠): 중종(中宗) 2년(1507) 정묘(丁卯) 식년시(式年試) 급제.

- 남도진(南道振, 1674~1735): 자는 중옥(仲玉), 호는 농환재(弄丸齋). 벼슬을 싫어하여 자연을 즐기며 저술에 힘쓴 은일지사이다. 본관은 의령. 자는 중옥, 호는 농환재. 조선 개국공신인 재의 11세손이다. 예학 저술에 힘쓰면서, 우집경에게 탄금법을 배우고, 안진경 · 유종원의 서법을 공부했다. 〈농환재가사집〉에 가사 〈낙은별곡 樂隱別曲〉과 시조 3수가 전한다. 24세 때 금강산에 다녀와서 지은 〈봉래가〉도 있다고 하나 전하지 않는다. 저서에 〈농환재집〉 · 〈주역차기 周易箚記〉 · 〈경서차기 經書箚記〉 · 〈우공산천고 禹貢山川考〉 · 〈상제

식 喪祭式〉·〈팔면십계 八勉十戒〉 등이 있다.

• 이항로(李恒老, 1792~1868): 화서학파를 형성하여 한말 위정척사론과 의병항쟁의 사상적 기초를 다져놓았다. 3세 때 〈천자문〉을 떼고, 6세 때 〈십구사략〉을 읽고 〈천황지황변〉을 짓는 등 어릴 적부터 총명하여 문에에 능하였다. 일찍이 부모를 잃고 학문에 몰두하여 4서 및 〈주자대전〉 등을 반복 연구하면서 주자의 학문에 심취했다. 몇 차례 관직에 임명되었으나, 모두 사양하고 향리에 머물며 강학에 전념했다. 1866년 프랑스 군함이 침입하여 강화도를 약탈한 병인양요가 일어나자 김병학의 추천으로 동부승지가 되어 흥선대원군에게 척화론을 건의, 이를 국론으로 채택하게 했다. 며칠 후 공조참판으로 승진되고, 경연관에 임명되었다. 그러나 경복궁 중건의 중지와 과중한 세금 부과의 시정을 촉구하는 상소를 올리고, 만동묘의 재건을 상소하는 등 흥선대원군의 정책에 대해 정면 공격을 가한 것이 문제가 되어 관직을 삭탈당하고 낙향하였다.

• 김평묵(金平默, 1819~1891): 본관은 청풍. 자는 치장(稚章), 호는 중암(重菴). 이항로(李恒老)와 홍직필(洪直弼)의 문인이다. 벼슬에 나가지 않고 학문에 전념하다가, 1876년(고종 13) 문인인 유인석(柳麟錫) 등과 함께 정부의 개항정책을 비판하는 상소를 올렸다. 1881년 다시 척양(斥洋)·척왜(斥倭)의 상소에 앞장섰다가 나주의 지도(智島)에 유배되었다. 1886년부터는 포천 영평에 운담정사(雲潭精舍)를 짓고 강학에 전념했다.
이항로의 심즉리설을 많이 따랐으나, 이항로가 본심이 이(理)라고 하는 데 비해, 그는 예지(睿智)를 이라고 하여 내용에서는 차이를 보이고 있다. 같은 문하의 유중교는 심은 기(氣)라는 입장을 취해 명덕을 이로 보고 있었는데, 이러한 견해의 차이로 당시 큰 논쟁이 일어났다.

- 유중교(柳重敎, 1832~1893): 김평묵과 함께 이항로의 문하에서 수학했다. 1881년 김홍집이 일본을 다녀와 미국과 연합하고 서양기술 등을 받아들여야 한다고 주장하자 척사위정을 기반으로 척양척왜를 주장하며 맞섰다. 또한 그는 한말의 사회적 동요를 극복하는 방법으로 유학의 학문적 심화와 체계적 정립이 있어야 한다고 강조했다. 사서와 〈서경〉·〈시경〉 등에 독자적인 주석을 하고, 예제에 관해서도 현실적이고 구체적인 의례 문제에 관해 논의를 전개했다. 이밖에 〈현가궤범〉을 저술하여 악률을 정리·해명하고 스스로 악곡을 지음으로써 예악이 사회 교화에 미치는 기능에 대해 관심을 두었다. 1882년 사헌부지평에 임명되었으나 사양하고, 가평의 옥계에 들어가 학문에 전념했다.

북쪽 석벽 장락산 높기도 높아

선촌리 사거리에서 송산리로 향한다. 고개를 넘자마자 긴 산줄기인 장락산맥이 가로막는다. 경기도와 강원도를 나누는 산맥은 북쪽의 왕터산에서 남쪽의 장락산까지 일정한 고도를 유지하며 남북으로 뻗어있다. 10여km 정도라 우리나라에서 가장 짧은 산맥이기도 하다. 산맥의 제일 높은 봉우리가 장락산이다. 송산리 동쪽은 장락산을 중심으로 견고한 산맥이 가로막고 서쪽은 북한강이 굽이치며 바깥의 공격을 막아준다. 천혜의 요새라 할만하다.

장락산

송의(松漪) 마을 북쪽 석벽 높기도 높아
하늘이 만든 금성(金城)처럼 물 구비 등졌네
저 마늘봉[蒜峯] 보루 쌓기에 좋으며
태호(太湖)와 간악(艮嶽) 돌처럼 기묘하네
松漪村北石崔崔 송의촌북석최최
天作金城背水隈 천작금성배수외
可但蒜峯宜築堡 가단산봉의축보
太湖艮嶽儘詼瓌 태호간악진회괴

송의마을은 지금의 송산리다. 다산의 눈에 송산리는 천연의 요새처럼 보였다. 외적의 침입을 막기 위해 고대부터 돌로 둘러쌓고 성곽 밖을 둘러가며 파내 못으로 만들었다. 그런데 돌로 쌓은 것보다 쇠로 만들고, 주위의 못에는 뜨거운 물로 채워 놓는다면 접근하기가 어려울 것이다. 이렇게 방어시설이 잘 돼 절대로 무너지지 않는 성을 금성탕지(金城蕩池)라고 한다. 마늘봉은 장락산을 가리키고, 태호(太湖)는 동정호(洞庭湖), 간악(艮嶽)은 지금의 하남성 개봉에 있는 인공으로 만든 산인 만세산(萬歲山)을 말한다.

쇠로 만든 성과 같은 장락산을 보니 중턱에 흰색 돔형 건물인 통일교 박물관이 자리 잡고 있다. 산뿐만 아니라 송산리 일대는 통일교와 관련된 건물들이 즐비하다. 국제수련원과 병원, 신학대, 중 · 고교, 실버타운 등이 대거 들어서 통일교 마을이 되었다.

송산리 사거리에서 좌회전한 후 성심국제병원으로 향한다. 주차장 옆 난간에 서니 북한강이 시원하게 굽이친다. 건너편 고성리의 나지막한 산이 옹기종기 모여 있고, 홍천강과 북한강이 만나는 관천리는 구름 밑에 아스라하다. 왼쪽으로 청평호수가 송산천을 따라 마을로 들어오고, 바로 옆의 신선봉은 하늘로 솟아오를 기세다. 다산은 신선봉과 송산리에서 흘러오는 하천이 만나는 지점에 있었던 것 같다.

> 자잠(紫岑) 위에 송의항(松漪港)이 있는데 암석이 몹시 기괴하였다. 경진년 봄에 부두에 배를 대놓고 그 바위 사이에 나란히 앉아 형제가 함께 밥을 먹었는데, 그 생각이 역력히 떠올라 마치 어제 일 같았다. 이로 인해 오르락내리락하면서 떠나지 못하고 한참동안 있었다.

다산은 1820년에 큰형과 춘천으로 여행을 하다가, 이곳 신선봉 아래 바위 사이에서 밥을 먹었다. 그 후 1823년에 춘천으로 여행을 가면서 이곳을 지나자니 그 때의 일이 생각났던 것이다. 다산은 형을 끔찍하게 생각했다. 유배 중에 두 아들에게 쓴 편지 속에서도 형에 대한 우애를 읽을 수

북한강

있었다. 일부분은 이렇다. "큰아버지를 섬기는 데에는 별다른 방법이 없고 오직 아비를 섬기는 것과 마찬가지로 하면 되는 것이다. 너희는 분발해서 진실한 마음으로 힘써 나간다면 한 달이 못 되어 큰아버지의 마음이 환히 풀리실 것이다."

송의항 부근 기괴한 바위는 입석(立石)을 말한다. 유인석은 신선봉 아래 입석이 있다면서 「입석」이란 시를 짓는다. "용문 북쪽에 커다란 바위 / 우임금도 옮기지 못하였는데 / 9년 동안 비 오지 않지만 / 강물소리 지금도 예와 같네" 유중교도 같은 제목의 시를 남긴 것으로 보아 이 일대에서 입석은 유명하였던 것 같다. 한편 유인석은 유중악(柳重岳, 1843~1909)과 함께 북한강과 홍천강을 다니면서 아홉 곳의 풍경을 선택하고 이산구곡(尼山九曲)이라 이름을 짓는다. 각각 시로 읊었는데, 입석은 영광스럽게도 1곡을 차지하였다.

다산이 보고 기록한 기괴한 바위는 이산구곡 중 하나가 되어 다산의 형제애를 들려준다.

오랜 바위 천년이나 우뚝 솟아있고
만 갈래 시냇물 흘러와 감도네
나그네 우러러 바라보고 지나고
신선들도 숙연히 허리 굽히네
老石千年立體嵬 노석천년립체외
萬川水到自縈回 만천수도자영회
非徒行客尊瞻過 비도행객존첨과
更有仙人肅揖來 갱유선인숙읍래

4

노을 속
강길을 거닐다

노을 속 강길을 거닐다

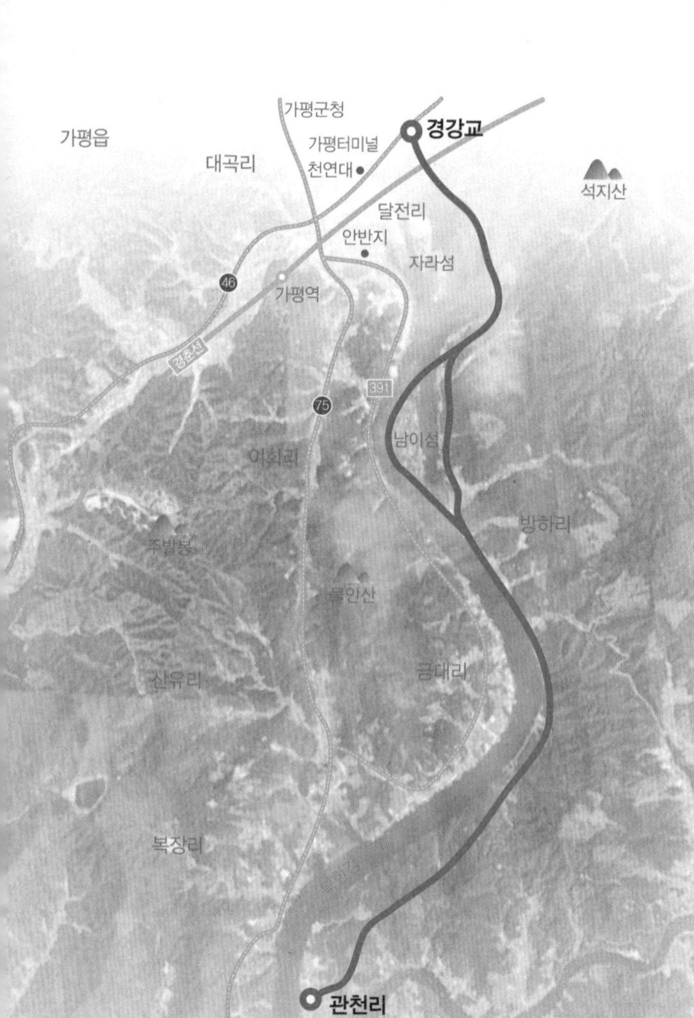
가평읍
가평군청
경강교
대곡리
가평터미널
천연대
석지산
달전리
안반지
자라섬
46
가평역
경춘선
391
75
남이섬
방하리
금대리
복장리
관천리

저녁노을 붉던 관천리

다산이 탄 배가 홍천강과 북한강이 만나는 관천리에 도착했다. 관천리는 간내울, 갓내울이라 불렸다. 지금은 관천리(冠川里)라 표기하지만 예전에는 입천(笠川)이라 표기했다. 다산도 입천을 방언으로 '간내울(竿奈兀)'이라 하는데, 바로 홍천의 물과 춘천의 물이 합류하는 곳이라고 자세하게 기록해 놓았다. 두 강이 만나는 아름다운 곳에서 시를 짓지 않을 수 없었다.

오른쪽 홍천강을 지나 입천에 머물려고
유가만(柳家灣) 아래 잠시 배를 멈추니
마침 때는 석양이라 한 조각 외로운 노을
먼 산봉우리 비스듬히 타는 듯하네
右過洪川次笠川 우과홍천차입천
柳家灣下乍停船 유가만하사정선
夕陽一片孤霞影 석양일편고하영
斜曳遙峯熾爐煙 사예요봉희로연

하룻밤 지내기 위해 관천리에 배를 세웠을 때는 저녁이었다. 북한강 동쪽 관천리 뒷산은 저녁노을로 붉게 물들고 있었다. 노을의 아름다움을 보고 감탄하지 않는 사람은 없을 것이다. 감탄은 바로 사라져가는 것에 대한 아쉬움에 어느 정도 의지한다. 그래서 노을의 아름다움은 슬프다. 다산의 시는 눈앞에 펼쳐진 산과, 산을 붉게 칠하는 노을을 담담히 그려내고 있는 것처럼 보인다. 그러나 한 발 더 앞으로 나가면 그가 그린 그림 속에 고독이 배여 있다. 한 조각 외로운 노을은 그의 심경이다. 한껏 여행에 부풀어 올랐지만 자신도 모르게 슬픔과 외로움이 불쑥 고개를 들었다. 엄정한 선비의 모습 뒤로 인간적인 면이 언뜻 보이니 더 가깝게 느껴진다.

1944년에 청평댐이 북한강을 건너지르면서 관천리 앞으로 달리던 두 강은 긴 잠에 빠져들었다. 서울과 춘천을 오가던 배들 대신 수상스키와 모

관천리

터보트가 굉음을 내면서 긴 물살을 남기고 강변은 한참 후에 출렁인다. 북한강은 청평호가 되었고 서울 사람들의 별장이 구비마다 차지하였다.

어선을 빌려 이산구곡(尼山九曲)을 찾아 나섰다. 1907년에 유인석과 유중악이 배를 타고 오르내리며 가정리 앞 홍천강과 북한강을 돌아보며 아홉 곳을 정하였는데, 그 중 2곡 소룡암(巢龍巖)을 관천리 건너편에서 확인하였다. 유인석은 이렇게 노래했다. "소룡암 절벽은 동쪽으로 향하고, 북한강과 홍천강을 제 앞으로 끌어오네. 절벽 아래 배를 매고 소리 높여 노래하니, 구름 빛과 산 그림자 뒤섞여 배회하네" 두 강이 만나는 곳에서 위용을 뽐냈던 소룡암은 지나가는 배도 잠시 쉬게 할 정도로 절경이었다. 지금은 머리 부분만 빼꼼히 내밀고 숨을 쉬고 있다. 이산구곡뿐만이 아니다. 200년 전 다산이 노래하고 기록한 많은 장소도 마찬가지 신세다. 특히 한밤중에 더 울었을 36개의 여울은 목소리를 잃은 지 너무 오래되었다.

녹효수는 산수로 달리는데
두 언덕이 우뚝 마주섰네
가느다란 물줄기 조용히 흘러가니
강한에 비해 너무도 부족하네
집 앞의 물과 비교해 보아도
반의 반 밖에 되지 않네
(생략)
푸른 봉우리 저녁 기운 걷히자
남은 노을 다시 엉겨 찬란한데
배 멈추고 고기떼 굽어보니
온갖 잡념 씻은 듯 없어지네

綠驍赴汕水 녹효부산수
對立雙斷岸 대입쌍단안
細流靜相過 세류정상과
未足方江漢 미족방강한
眡我門前水 시아문전수
且爲半之半 차위반지반
(생략)
夕靄澹青嫖 석애담청표
餘霞復靡漫 여하부미만
亭舟頻魚隊 정주부어대
百慮淨蕭散 백려정소산

다산은 시 하나로는 부족해 시를 한 수 더 짓고, 다음날 뱃전을 춘천으로 향해 돌렸다.

금대리 술파는 집에 정박하다

관천리 아주머니는 논밭의 곡식을 이미 거두어들였다. 바쁜 일은 끝났다. 느티나무 아래 앉아 평온한 얼굴로 가을 햇살에 반짝이는 북한강을 지그시 바라보고 계신다.

"가평으로 가려면 어디로 가야죠?"
"가정리로 나가 고개를 넘는 게 제일 빨라유"
"강 따라 가는 길도 있지 않나요?"
"있는디 비포장이라 어떨른지 모르겠네유."

시내버스는 하루에 세 번 들어온다. 춘천 나가는데 한 시간 반이나 걸린다고 담담히 말씀하신다. 아들이 오면 자가용을 타고 가평으로 볼 일을 보러 나간단다. 교통이 불편해서인지 춘천의 오지가 된 관천리는 아직 개발의 세례를 적게 받았다.

가정리로 나가지 않고 북한강쪽으로 발길을 돌렸다. 2㎞정도 가자 비포장도로가 시작된다. 잠시 마음이 흔들린다. 그러나 멀리서 갈대가 하얗게 웃으며 손짓한다. 누런 갈잎은 웃으며 떨어진다. 어느새 어린 시절로 돌아가 고향 길을 걷는다. 흙길의 느낌이 밑에서부터 전해져 오자 아무 생각 없이 만추 속으로 들어간다. 춘천 근교에 이런 길이 남아 있다는 것은 축복이다. 조금은 불편하지만, 오롯이 자연 속에서 나를 느낄 수 있다. 자연과 분리된 것이 아니라 하나가 되어서 그 속에서 유람한다. 강이 굽이칠 때마다 길도 함께 굽이친다. 산 속을 걷다보면 어느새 나무 사이로 강물이 반짝이곤 한다. 얼마나 걸었는지 모르겠다. 강과 멀리 떨어졌던 산길은 물길 옆으로 다가서서 나란히 걷는다. 아직 붉은 흙길이다.

잠시 멈췄다. 강 건너는 경기도 가평군 금대리다. 다산이 하룻밤 유숙했던 곳이다. 금대리는 비령대 · 쇠터 · 원뎅이 등 자연부락으로 이루어졌다. 금대리란 마을이름은 쇠터를 한자로 옮긴 것이다. 청평댐이 생기기 전까지 많은 사람들이 마을 앞 강에서 사금을 채취했다. 다산도 시에

관천리 길

서 언급하고 있으니 사금채취는 아주 오래되었던 것 같다. 댐이 생기기 전에 앞 강에는 뗏목이 줄을 이었다. 양구 · 인제 등에서 벌목한 나무들은 이곳을 지나 서울로 흘러갔다. 떼꾼들은 금대리에서 하루의 고단함을 한 잔 막걸리로 잊었다. 주막이 세 곳이나 있었다고 한다. 다산도 떼꾼들이 머물던 곳에서 한 잔 하며 시를 지었을 것이다.

사금 채취하는 곳마다 모래를 이는 물결들
밤이 되어 금대리 술파는 집에 정박했네
사랑스러워라, 문 앞 짙푸른 물 흐르는데
어선은 버드나무 옆에 그림처럼 비껴 있네
淘金處處浪淘沙 도금처처랑도사
夜泊金墟賣酒家 야박금허매주가
愛此門前紺綠水 애차문전감록수
漁船如畫柳邊斜 어선여화유변사

청평댐이 생기며 뱃길은 끊기고, 마을은 강가에서 산으로 올라가야 했다. 잔디고개에 있는 장원한 정려각는 아랫마을 산유리 강가에 있었다. 댐이 생겨 수몰될 처지에 놓이자 정려각을 불태워 재를 묘소에 묻었다가 1997년에 다시 지었다. 장원한은 열두 살 때 아버지 병환이 위독하자 대신 죽기를 기원하며 밤낮으로 통곡하고, 변을 맛보아 달고 씀에 따라 병세를 살폈다고 한다.

국도를 벗어나 마을길로 들어섰다. 수확이 끝난 논엔 동그랗게 말아 하얀 천으로 포장한 짚이 여기저기 뒹근다. 강가는 별장과 펜션, 그리고 수상레저 시설들이 차지하고 있다. 길은 강으로 연결되고 경계점에 조그만 배가 여름을 기다리며 흔들거린다.

아들에게 편지를 쓰다

고등학생 아이의 기말고사 기간이다. 집안은 아이의 시험 결과에 따라 희비가 교차된다. 언제부터였을까? 성적에 일희일비하는 학부모의 대열에서 나도 앞만 보고 달리고 있다. 며칠 전 이번 겨울방학에는 수학 학원을 알아봐야하지 않느냐는 아내의 걱정스런 물음에 머리를 끄덕였다. 강을 따라 걸으면서 기말고사가 불현 듯 떠오르더니, 상상의 나래가 폭풍우 친다. 시험을 잘 보면 뭐하나? 수능을 잘 봐야지. 수능 잘 봐서 대학교 가면 뭐 하나? 취직도 안 된다는데, 왜 이렇게 난리법석을 떠는가? 도무지 정리가 되질 않는다. 그러나 맹목적인 레이스에서 빠져나올 엄두가 나질 않는다.

정신을 차리니 술원이고개 입구를 지나는 중이다. 비포장도로는 끝나고 아스팔트길이다. 신발에 흙이 묻지 않는 대신에 다리는 더 뻐근해진다. 하나를 얻으면 하나를 잃는 법. 거친 산 속 길은 불편하지만 시간 가는 줄 모르고 걸었다. 매끈한 포장도로를 걷자마자 달리는 차에 가슴 졸이고, 바로 충격이 전달되는 다리에 신경이 쓰인다.

다산이 유배지에서 아들에게 쓴 편지가 떠오른다.

이제 너희들은 망한 집안의 자손이다. 그러므로 더욱 잘 처신하여 본래보다 훌륭하게 된다면 이것이야말로 기특하고 좋은 일 아니겠느냐? 폐족으로서 잘 처신하는 방법은 오직 독서하는 것 한 가지밖에 없다. 독서라는 것은 사람에게 있어 가장 중요하고 깨끗한 일일 뿐만 아니라, 호사스런 집안 자제들에게만 그 맛을 알도록 하는 것도 아니고, 또 촌구석 수재들이 그 심오함을 넘겨다볼 수 있는 것도 아니기 때문이다.

요즘으로 말한다면 수능시험 자체를 볼 수 없는 상황을 좋은 기회라고 여기고 아들에게 열심히 공부하라고 주문한다. 조상이 큰 죄를 지어서 자손이 벼슬을 할 수 없는 폐족이 된 상황에서 공부라니! 아버지의 요구도 이해하기 어렵고 아버지의 말을 따르는 아들도 이해하기 어렵다. 아들이 받아들이는 것을 차치하고서라도 나는 과연 내 아이에게 이렇게 말할 수 있을까? 나의 교육관은 자식의 출세라는 테두리에서 한 발자국도 벗어나지 못하고 있다. 이런저런 생각을 하다 보니 방하리다. 끝날 것 같지 않던 유배에서 돌아온 다산은 방하리를 지나며 담담하게 시를 짓는다.

남이섬 아래 위치해 있는 방아골을
한문으로 번역하여 구곡이라 하는데
아, 온조왕이 이곳에서 회군을 하였어라
큰 눈이 하늘 가득 성대히 내렸었지
南怡苫下方阿兀 남이점하방아올
譯以文之臼谷云 역이문지구곡운
溫祚回軍噫此地 온조회군희차지
一天大雪想紛紛 일천대설상분분

『삼국사기』 온조왕 18년 11월에 “왕이 낙랑의 우두산성(牛頭山城)을 습격하려고 구곡(臼谷)까지 왔다가 큰 눈이 내리자 바로 돌아갔다.”는 기록이 있다. 구곡에 관하여 다산은 남이섬 아래 방아올(方阿兀)을 한문으로 번역하면 구곡(臼谷)이 된다면서, 그 곳이 백제군이 회군한 지역이라고 고증하였다. 지금의 춘천시 남면 방하리(芳荷里)다. 구곡폭포가 있는 마을 일대를 ‘구곡’, ‘구구리’ 등으로 부르고, 구곡폭포 위에는 절구의 확처럼 생긴 마을이 있다는 점을 들어 구곡폭포 일대를 가리킨다는 주장도 있다.

역사서의 한 구절에 대한 해석이 분분하다. 지금 이곳이 온조왕이 회군을 결정한 그곳일 가능성이 높지만, 오늘은 어느 입장에 동조하는 것보다 그때처럼 눈이 성대하게 내리길 바랄뿐이다. 그러면 옹졸한 나의 심사와, 답답한 현실에서 조금이나마 벗어날 수 있을 것 같다.

하피첩

남이섬을 지나가다

야트막한 고개를 오르기 시작했다. 강원도에서 이런 고개는 식은 죽 먹기다. 기어 변속을 하지 않고 단숨에 오를 수 있을 것 같다. 고개를 경계로 오른쪽은 방하리고 왼쪽은 조그마한 산이다. 북한강에서 불어오는 바람을 막아주는 천연 방풍림이다. 고갯마루부터 연달아 간판이 강제로 눈길을 잡아끈다. 카페, 펜션, 리조트…. 경쟁에서 살아남기 위해 점점 화려하고 커진다. 아름다움보다 충격적인 것이 더 효과적이다. 그래서 더 노골적으로 변해간다. 언제부터였는지 북한강변은 자본의 최첨단이 되었다.

간판들 너머로 남이섬이 손을 뻗으면 닿을 듯 가깝다. 방하리에 붙어 있다가 큰물이 나가야 섬이 되곤 했었다. 그러다가 청평댐이 만들어지면서 이름에 걸 맞는 섬이 되었다. 섬 북쪽 언덕에 남이장군의 묘라고 전해오는 돌무더기가 있어서 남이섬이라 부르기 시작했다. 다산도 남이섬이라 했으니 입에서 입으로 전해진 것이 오래 되었다.

남이(南怡) 장군의 삶은 너무 짧은 단편소설이다. 그는 용맹이 특별히 뛰어났다. 이시애(李施愛)의 난과 여진족을 정벌할 때에 선두에서 힘껏 싸워서 1등 공신이 되었다. 세조는 몇 단계 건너 뛰어 병조 판서로 임명하였으나, 당시 세자이던 예종은 그를 몹시 꺼렸다. 예종이 왕위에 올랐을 때 마침 혜성이 나타났다. 대궐 안에서 숙직하던 남이는 다른 사람과 말하기를, "혜성은 묵은 것을 제거하고 새로운 것을 배치하는 형상이다."라고 하였다. 유자광은 평소에 남이의 재능과 벼슬이 자기보다 위에 있는 것을 시기했는데, 이날 숙직하다가 그 말을 엿듣게 되었다. 바로 그 말에 거짓을 보태었다. 남이가 반역을 꾀한다고 은밀히 아뢴다. 옥사가 일어나고 마침내 처형되었다. 이때 남이의 나이는 28세였다. 1468년의 일이라고 『연려실기술』은 적었다. 세월이 지나 남이 장군의 역모사건은 유자광의 무고에 의한 것이라는 결론에 이르렀고, 1818년(순조18)에 관작이 회복되었다.

강물 가에 꽃 피운 풀뿌리는 물에 잠겼고
남이 장군 자라던 마을 아직 있는데

남이섬

언덕 위 쓸쓸한 천 그루 밤나무는
다시 이씨(李氏) 땅이 되었네
芳洲細草水沈根 방주세초수침근
生長南怡尙有村 생장남이상유촌
岸上寂寥千樹栗 안상적요천수율
如今還作李家園 여금환작이가원

다산이 남이섬을 지나다가 시를 지은 해는 1820년. 남이 장군의 전말을 모두 알고 있었을 것이다. 다산의 마음은 어떠했을까. 그는 28세에 관직에 나가면서부터 정조의 총애를 독차지 했다. 반대파는 늘 기회를 엿봤고, 40세에 장기로 귀양 보냈다가 다시 강진으로 유배지를 옮기는데 성공했다. 다산은 18년 지난 1818년에 고향 땅을 밟을 수 있었다. 아무 일 없는 듯 담담하게 그리고 있지만 마음속은 심하게 요동쳤을 것이다. 동행하는 사람 몰래 눈물을 훔쳤을 지도 모른다. 잠시 배를 멈추고 남이 장군을 위해 술을 올렸으리라.

남이섬은 봄을 맞아 꽃을 피우기 시작한다. 그런데 봄비가 많이 내렸는지 꽃만 물 위에 떠있다. 아래는 물에 잠긴 것이다. 눈에 보이는 꽃은 그나마 다행이다. 보이지 않는 많은 꽃들은 아름다움을 뽐내지도 못하고 잠겨버렸다. 환갑을 눈앞에 둔 다산은 이렇게 자신의 마음을 뱃전에 스치는 바람처럼 무심하게 그렸다.

메타세콰이어를 비롯해 다양한 나무가 남이섬을 꾸미고 있다. 예전에는 밤나무가 많았던 것 같다. 울창했을 천 그루 밤나무가 쓸쓸해 보인 것은 권력의 부침에 따라 소유주가 바뀌는 무상한 현실의 자화상을 보았기 때문이다. 시간이 흘러 남이섬은 유명한 관광지가 되어 여객선이 끊임없이 오고간다. 2006년엔 나미나라공화국으로 변신해 관광천국이란 평가를 받기에 이르렀다.

5

협곡을 통과하다

협곡을 통과하다

안보리
붕어섬
월두봉
당림리
46
삼악산
의암
서천리
굴봉산역
경강교
백양리
등선폭포
자라섬
강촌
남산면
강촌리
강촌역
검봉산
403

가평의 산천 또한 아름답구나

남이 장군을 생각하니 울적해진다. 다산의 『목민심서』를 펼쳤다. 「이전(吏典)」 편의 문장이 들어온다.

> 아첨 잘 하는 자는 충성스럽지 못하고, 간쟁하기 좋아하는 자는 배반하지 않는다. 이 점을 잘 살피면 실수하는 일이 적다. -용인(用人)-

지위는 비록 낮지만 현령에게도 다스리는 자로서의 도리가 있다. 힘써 아첨을 물리치고 간쟁을 흡족히 받아들이기를 노력해야 한다. (중략) 갑자기 조사를 받게 되면 어제까지 면전에서 아첨하던 자가 나서서 비행의 증인이 되어 작은 잘못까지도 들추어낸다. 오히려 참고 덮어주는 자는 이전에 간쟁으로 귀찮게 여겨지던 사람이다. 수령 된 사람은 모름지기 크게 반성해야 한다. 『다산필담』에 적은 말이다.

수령이 지켜야 할 지침을 밝히면서 관리들의 폭정을 비판하기 위해 전라도 강진에서 지은 『목민심서』는 수령만의 이야기는 아니다. 임금을 대입해도 크게 달라지지 않는다. 세자였을 때 예종은 남이 장군을 꺼려했고, 그 틈을 타 유자광이 무고를 했던 것이 아닌가. 임금은 교언영색(巧言令色)하는 신하를 멀리하고, 듣기 거북하더라도 자신의 견해와 다른 신하의 말을 귀담아 들어야 한다. 예종이 그랬으면 남이 장군의 인생도 바뀌었으리라. 북한강 바람도 다산의 답답한 마음을 풀어주지 못했다.

관천리부터 남이섬까지 이어지던 산 사이로 버짐처럼 산비탈에 밭이 보이곤 했다. 그마저도 동쪽 춘천 경계의 산에선 산짐승만 가끔 울뿐이다. 방하리는 마을 입구만 보이더니 긴 골짜기 속으로 사라져버렸다. 맞은편 금대리는 나루터 옆 주막과 농가 몇 채가 마을 모양을 겨우 갖추었다. 남이섬을 지나자 색종이만 하던 하늘이 도화지처럼 넓어지더니 바람과 함께 풍악소리가 흘러온다. 가릉(가평)의 목민관은 제대로 근무하면서 풍악을 울리는 것일까. 일은 뒷전이고 연회를 베푸는 것이 제발 아니길 빌었다.

한 조각 하늘이 골짝 어귀부터 열리니
가릉의 산천 풍기가 또한 아름답구나
석지산 빛은 저 멀리 구불구불 푸르른데
때때로 풍악 울리니 군수가 오는게로군

一蓋天從峽口開 일개천종협구개
嘉陵風氣亦佳哉 가릉풍기역가재
石芝山色逶迤綠 석지산색위이록
絲竹時時郡守來 사죽시시군수래

가평의 옛 이름은 가릉(嘉陵)이다. 아름다운 구릉. 아름다운 이름 가릉은 언제부터인지 가평(加平)으로 변했다. 아무리 생각해봐도 가릉이 더 좋다. 협곡을 통과하던 사람은 갑자기 펼쳐진 넓은 고을을 보고 환호

작약 했으리라. 게다가 옆으로 뒤로 푸른 산이 병풍처럼 둘러싸고 있다. 한 폭의 동양화다. 좌청룡에 해당하는 산은 석지산이다. 향기 나는 지초가 바위틈에 자라서 석지산이라고 상상해본다. 강바람이 향기를 싣고 오는 것 같다. 마을 사람들은 섶지산이라 부른다. 석지산 옆은 명태산이다. 의미를 모르겠으나 덕분에 석지산의 이름이 돋보인다. 마침 가평역에서 잠시 멈췄던 기차가 강을 건너더니 명태산을 뚫고 사라진다. 안반지(달전리의 옛 이름이다)에서 바라보니 석지산과 명태산 사이에 주름이 길게 파였다. 장자곡이다. 예전에는 깊은 곳까지 사람이 살았으나, 지금은 산행하는 사람의 발자국 소리가 가끔 정적을 깰 뿐이다.

이름이 반가워 남이섬 입구에 있는 안반지 닭갈비집에 들어갔다. 사장님은 석지산과 장자곡 뿐만 아니라 이런저런 이야기를 해주신다. 예전의

가평 자라섬

나루터는 남이섬 선착장보다 더 위에 있었다. 방하리 사람들은 배를 타야 가평장에 올 수 있었고, 통학하는 학생들도 이곳을 경유하곤 했다. 닭갈비를 먹으러 오는 손님들의 반은 중국에서 온 여행객이다. 바삐 손님을 맞이하면서도 가평의 이곳저곳을 말할 때마다 생기가 넘치신다.

남이섬 주차장 뒤 옛 나루터에 잠시 멈췄다. 다산은 춘천을 향하다가 이곳 안반지에서 하룻밤을 보냈다. 다음날 아침 일찍 출발하여 짙은 안개를 뚫고 석지산 앞을 지나 춘천으로 향했다. 눈을 감자 다산이 탄 배는 천천히 짙은 안개 속으로 사라지고, 자라섬쪽에서 노 젓는 소리가 들려온다.

초연대의 낙조

따스한 봄날 토요일 오후 자라섬 주차장에 차를 세웠다. 자전거를 탄 라이더들이 바람을 가르고 달려간다. 북한강 자전거길을 따라 걸었다. 가평2교 위로 불어오는 바람은 훈훈하다. 한겨울에 이곳을 걸었을 때 가평천은 하얀 얼음이 차지하고 있었고, 파고드는 바람에 잔뜩 목을 움츠렸었다. 지금은 오후의 따뜻한 태양 아래 가평천의 물은 하얗게 빛나며 찰랑거린다. 눈길을 정면으로 돌리니 다리는 초연대와 늪산 사이를 뚫고 춘천으로 달려가면서 경강교와 연결된다. 한 몸이었던 초연대와 늪산은 다리로 인해 두 동강이 난 것이다. 초연대의 신세는 더 기구해졌다. 정상 부근에 박힌 철탑은 초연대 높이만큼 더 하늘로 솟아 고압선을 당기고 있다. 옆에는 경기도를 홍보하는 입간판이 초연대의 크기만큼 하얗게 빛난다. 살풍경이란 표현은 이런 광경에 적합하다.

다리를 건너자 라이더들이 땀을 식히고 있다. 따뜻한 날씨가 사람을 밖으로 불러냈다. 계속 자전거가 드르륵 드르륵 소리를 내며 오고간다. 초연대를 오르는 산길 옆은 오래된 진지들이 여기저기 흩어져 있다. 정상 바로 아래는 콘크리트가 철탑을 견고하게 붙잡고 있다. 정상에 오르니 서쪽으로 가평 읍내가 한눈에 들어온다. 춘천에서 흘러온 강물은 동쪽에 커다란 푸른 호수를 만들며 봄바람에 흔들거린다. 남쪽으로 자라섬이 보이고 철교는 강을 가로지른다. 때마침 기차가 요란하게 지나간다.

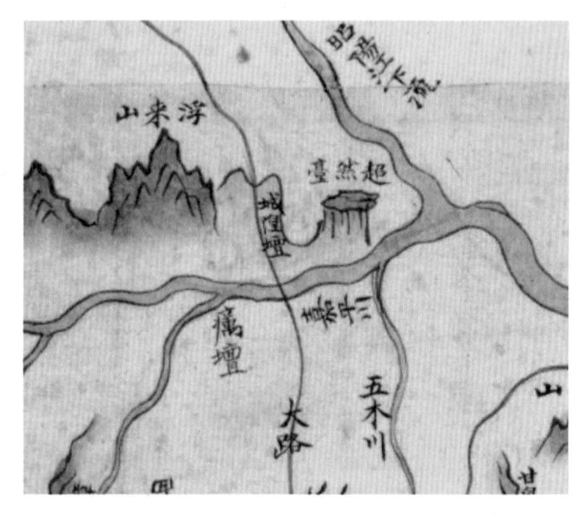

광여도에 표시된 초연대

1635년 3월에 김상헌(金尙憲, 1570~1652)은 이곳에 오르고 글을 남긴다. “가평군을 지나 초연대 아래에서 말에게 꼴을 먹이고 대 위에 올라가 바라보면서 서성거렸다. 왼쪽에는 강이 오른쪽에는 시내가 있다. 초연대 앞에서 서로 합쳐지는데, 높은 물결과 빠른 물살이 물방울을 튀기면서 콸콸대며 흐른다. 동쪽에는 삐죽삐죽 솟은 산봉우리가 겹쳐져 있고, 서쪽과 남쪽에는 거친 들판이 펼쳐져 있다. 지세가 높이 솟아 있어 내려다보니 아득하고 섬뜩한 기분이 들어 오래도록 있을 수가 없다.”

왼쪽에 있는 강은 춘천에서 내려오는 북한강이다. 오른쪽의 시내는 가평천이다. 강과 시내가 만나는 곳은 여울을 만들며 소리를 냈다. 다산은 이곳을 ‘곡갈탄(曲葛灘)’이라 기록한다. 돌이 험하고 여울이 거세어 물결이 집채 같이 높다고 적는다. 김상헌의 묘사와 흡사하다. 동쪽에 삐죽삐죽 솟은 봉우리는 명태산과 석지산이다. 남쪽으로 달전리가 넓게 펼쳐졌다. 초연대 위에서 밑을 바라보면 아득하여 절로 뒷걸음치게 만든다. 멀리서 바라보면 물 위에 우뚝 솟아오른 것이 마치 속세에서 벗어나 현실에 구애되지 않는 기상을 느끼게 한다. 그래서 초연대(超然臺)라 불렀다. 초연대를 바라보고 있노라면 세상의 자잘한 일들에 더 이상 마음이 흔들리지 않고 초연해지곤 했다.

김지남(金止男, 1559~1631)은 가평의 모정팔경(茅亭八景) 중 하나로 '초연대의 저물녘 풍경[超然暮景]'을 꼽고 시를 읊었다. 곽열(郭說, 1548~1630)은 가평팔경(嘉平八景) 중 '초연대의 낙조[超臺落照]'를 포함시켰다. 이밖에도 초연대를 지나가는 이들은 이곳을 오르거나, 지나가면서 시를 짓지 않을 수 없었다. 다산도 그러하였다.

언덕 곁으로 센 바람 불어오니
보리 이삭 모조리 드러누워라
사람과 범이 가까이 살기에
울타리 견고하게 얽어맸네
높은 잔도는 무너진 비탈길 잇고
푸른 못은 하얀 물결 일으키는데
다니는 말 과 소 보이지 않고
노루들 우는 소리만 들리어라

側岸吹長風 측안취장풍
麥芒偃衆毫 맥망언중호
人虎相與居 인호상여거
籬柵締縛牢 리책체박뢰
飛棧接崩磴 비잔접붕등
黝潭蹴素濤 유담축소도
不見牛馬行 불견우마행
唯聞麏麚號 유문균가호

가평에서 춘천으로 가는 길은 강 서쪽에 있었다. 강가 벼랑에 아슬아슬하게 걸려 있었다. 험한 벼랑에 만들어져 다니기 힘든 길을 천(遷)이라 한다. 그래서 초연대부터 춘천쪽으로 걸려 있는 길은 초연대천(超然臺遷)이다. 이 길의 초입에는 까치여울이 있었고 끝나는 지점에 곡갈탄이 있었다. 다산이 찾았던 그때 여울은 소리를 요란하게 냈으며, 짐승들의 울음소리가 심심치 않게 들리곤 했다. 그러나 이젠 여울은 거대한 인공호수 속에서 잠들고 짐승들은 더 깊은 산 속으로 들어간 지 모래다. 초연대도 서서히 잊혀져갔다.

초연대

물속에서 옛 일을 기억하는 바위여

강바람이 인사를 한다. 한겨울에 차갑던 내밀던 손길은 봄 햇살에 따스해졌다. 꽁꽁 울던 얼음은 다 풀려서 바람이 지날 때마다 뒤척인다. 초연대를 뒤로 하고 북한강 자전거길을 따라 걷기 시작한다. 길은 강을 따라 춘천으로 이어진다. 강 건너 춘천으로 향하던 옛 길은 실오라기 같고 위험하여 초연대천이라 불렀다. 지금은 길을 넓히느라 주황색 굴삭기가 연신 머리를 들었다 놓는다. 워낙 경사가 심하기 때문에 조금 넓히기 위해서 산기슭을 반달처럼 깎아내리고, 시멘트로 보강공사를 한다. 살풍경이 따로 없다.

초연대천이 끝나면서 강원도가 시작된다. 다산은 『산행일기』에서 이렇게 적는다. "물 서쪽에 두 마을이 시냇물을 사이에 두고 있다. 위는 춘천에 속한 줄길이고, 아래는 가평에 속한 줄길이다. 이곳이 경기와 강원의 경계이다." 강원도에 속한 줄길은 안보리에, 경기도 속한 줄길은 개곡리에 속한다. '주을길'이란 도로명 주소에서 옛 흔적을 더듬을 수 있다. 이곳은 1896년에 의병들이 벌앞산(보납산) 전투를 벌인 곳이다. 인명 피해가 많은 곳이라 원한에 사무쳐 일본인들 모르게 '주길리'로 쓰고, '죽이리'라 불렀다는 이야기가 아직도 가슴을 아프게 한다. 마을 앞에는 '까치

여울'이 있었다. 다산은 작탄(鵲灘)이라 기록하였지만, 청평댐이 만든 호수 때문에 이름도 여울도 잠겨버렸다.

춘성대교 밑을 통과하면 경강역이다. 경기도와 강원도의 접경 지역에 위치해서 두 지역의 앞 글자를 딴 이름이다. 이 역은 1997년에 만들어진 영화 '편지'를 통해 알려졌다. 박신양의 마지막 편지인 비디오테이프를 보면서 통곡하는 최진실의 모습은 아직도 코를 시큰하게 한다. 최진실이 타고 다니던 기차는 영화 속에서만 운행하고, 지금은 레일바이크 승차장이 되었다.

다시 강을 따라 걷는다. 건너편으로 안보리가 보인다. 배를 타고 가던 다산은 어떻게 알았는지 청풍부원군의 묘지가 있다는 것을 적어놓는다. 강 양쪽 언덕으로 소나무 숲이 울창하고 강물은 얕아 나무꾼들이 건너다니던 풍경도 그려 넣었다.

정족탄

백양리역을 지나면서부터 강을 유심히 바라봤다. 마을 북쪽 골짜기로 향하는 길이 석파령으로 연결된다고, 정족탄(鼎足灘)으로 내려가는데 검은 돌이 바둑돌처럼 깔려 있으며 물길은 그리 급하지 않다고 『산행일기』에 적었기 때문이다. 이 구간은 청평댐 때문에 흐르지는 못하지만 댐과 멀리 떨어져 있어서 정족탄의 흔적을 볼 수도 있을 것 같다. 강변은 누런 갈대가 숲을 이루고 있다. 갈대숲 사이로 여유롭게 구부러진 길을 걸으니 영화 속 주인공이 따로 없다. 가을에 다시 오고 싶어진다. 무성한 갈대를 헤치고 강 쪽으로 향하였다.

다산은 첫 번째 춘천 여행에서 이곳에서 시를 짓는다.

검은 돌 바둑돌처럼 깔린 정족탄에서
북* 만한 배가 푸른 물결 헤쳐 가다가
남한강 어부와 서로 만나자
물고기 사서 저녁 반찬 만들라 줬네
黳石棋鋪鼎足灘 예석기포정족탄
一梭穿出綠漪瀾 일사천출록의란
黃驍漁子行相遇 황효어자행상우
又買銀鱗付夕餐 우매은린부석찬

* 북: 베를 짤 때 가운데 홈에 실꾸리를 넣고 북바늘로 고정시킨 후 날실 사이를 오가며 씨실을 넣어 직물을 짜는 배 모양의 나무통.

검은 돌이 바둑돌처럼 깔린 여울이 과연 있을까 의심했지만 강변에 서니 여기저기 검은 돌들이 솟아있다. 다산은 이곳을 통과하다가 여울 속 우뚝한 바위를 보고 시를 지었던 것이다. 얼마나 곤혹스러웠을 것인가.

돌에 부딪치지 않기 위해 이리저리 뱃전을 돌렸을 테지만 그것에 대한 이야기는 없다. 다만 남한강에서 물고기를 잡으며 생활하는 어부를 만난 기쁨을 적는다. 다산의 집은 북한강과 남한강이 만나는 곳에 있으니 안면이 있었을 것이다. 물고기를 샀다는 대목에 그의 기쁨이 숨어있다. 이날 다산은 소양정 밑에서 하룻밤을 지냈으니 물고기를 반찬삼아 저녁을 먹었을 것이다. 저 바위들은 19세기 초반의 일들을 생생히 기억할 것이다.

옛 성은 무너진 성가퀴만 남았구나

줄길리와 안보리 사이에 우뚝한 봉우리가 삼악산인줄 알았다. 춥고 힘든 겨울 답사 때였다. 월두봉이란 걸 알고 얼마나 실망했던지. 정족탄에서 고개를 돌리자 멀리 강건한 삼악산이 우뚝하다. 삐죽삐죽 울퉁불퉁한 직선이 주변의 곡선과 스스로 구별 짓는다. "산은 글을 논함에 있어 밋밋함을 좋아하지 않는 것과 같아야 한다.[山似論文不喜平]"는 구절이 떠오른다. 변화무쌍하며 파란과 곡절이 많아야 한다는 것이다. 글 속에 복선

강촌가는 길

과 반전이 있어야 하듯이, 산도 그러해야 한다는 의미일 터이다. '산은 밋밋함을 좋아하지 않는다'라는 표현은 삼악산에 적합하다.

삼악산을 향해 걸어가니 '(구)백양리역'이라 적은 안내판이 쓸쓸하다. 폐쇄된 백양리역은 신흥강호 '엘레시안강촌'에게 역의 위치와 이름을 양보해야만 했다. 자본의 힘일 것이다. 그러고 보니 백양리역으로 향하는 도로 주변엔 스키 대여점과 펜션들이 즐비하게 서서 손님을 부른다.

지금은 북한강을 끼고 양쪽으로 자동차가 달리고, 전철도 이에 질세라 소리 내며 속도를 높인다. 예전에는 삼악산 북쪽 자락에 있는 석파령을 넘나들었다. 북한강변을 따라 경춘차도가 개설된 것은 100여 년 전이다.

다산은 배에서 산을 바라봤기 때문에 삼악산의 진면목을 보기 어려웠을 것이다.

높고도 높은 석파령은
대체로 삼악산의 줄기
아름다운 봉우리는 없지만
방어는 꽤 튼튼하였네
崔崔席破嶺 최최석파령
是蓋三嶽餘 시개삼악여
雖無娟妙峯 수무연묘봉
捍禦頗不疎 한어파불소

삼악산에 아름다운 봉우리가 없다는 정약용의 말에 동의할 수 없다. 돌로 이루어진 수려한 경관 때문에 '석금강(石金剛)'이란 별칭이 있을 정도다. 두름산과 삼악산이 함께 만들어낸 의암댐 부근의 협곡을 특별히 '소금강(小金剛)'이라고 부르며 춘천 사람들은 자랑스러워했다. 그뿐만 아니다.

등선폭포가 있는 협곡은 웅장하면서 기이한 아름다움을 연출한다. 우뚝 솟은 봉우리뿐만 아니라 협곡과 기암절벽이 서운해 할 소리다. 아마도 삼악산성이 있었음에도 불구하고 한나라에게 패한 왕조(王調)와 최리(崔理)에 대한 미움 때문이리라. 그들은 중국의 한나라 광무제 때 낙랑의 우두머리였는데, 왕조는 왕준(王遵)에게 죽임을 당하였고, 최리는 고구려로부터 침범 당해 살해되었으며, 낙랑의 여자들은 나가서 항복하였다고 다산 스스로 시 말미에 밝히고 있다. 다산은 춘천 지역이 낙랑지역이라 생각했다.

삼악산

시는 계속된다.

옛 성은 무너진 성가퀴만 남았고
부서진 절은 빈터만 있어라
이것으로 인간 세상살이가
곳곳마다 여관에 붙여짐을 알겠네
古城餘斷堞 고성여단첩
破寺寄空墟 파사기공허
因知人世間 인지인세간
處處委蘧廬 처처위거려

삼국시대에서 한발 더 나아가 맥국시대에 축조했다는 설, 조선 중기에 축조했다는 설 등 다양한 주장이 제기되고 있는 삼악산성의 성벽은 대부분 붕괴되거나 유실되었다. 다산도 삼악산 동쪽 봉우리 밑에 옛 성의 터가 있고, 성 아래에는 옛 절이 있으나 자세히 알 수 없다고 밝히고 있다. 그 당시에도 산성은 많이 허물어진 상태였던 것 같다.

삼악산성은 맥국과 관련된 전설을 지금도 들려주고, 궁예전설이 덧붙여지기도 한다. 궁예가 왕건을 맞아 싸운 곳으로 흥국사라는 절을 세워 나라의 재건을 염원했으며, 산성 중심에 궁궐이 있던 곳을 대궐터라 부른다고 알려준다.

전설을 들었는지 알 수 없다. 다만 무너진 성과 텅 빈 절터에서 다산은 우리의 인생을 읽는다. 예전 사람들도 나그네로 여인숙에 잠깐 들렀다 갔듯이 우리도 잠시 뒤에 떠나야 한다. 우리는 영원한 나그네다.

양쪽 절벽이 서로 부딪칠 듯하구다

삼악산에 가까워오자 바위산은 부드러우며 풍성한 흙산으로 변신한다. 맞은편 옛 강촌역 뒤로 바위가 기세 좋게 우뚝하다. 강촌역은 이사 갔다. 회색 시멘트로 만들어진 건물은 젊은이들로 활기찼었다. 수많은 청춘들을 실어 나르던 철길은 전철화 되면서 곧은 직선 길을 찾아 강촌 마을 안쪽으로 옮겨갔다. 이제 옛 강촌역은 건너편 삼악산과 그 밑을 흐르는 북한강을 바라보며 추억 속으로 여행 중이다.

옛 강촌역의 시선이 머무는 곳에 강촌의 역사가 남겨져 있다. 70년대 강촌의 명물이었던 출렁다리는 관광객들의 추억과 낭만을 만들어 주었고, 1985년 철거되면서 교각만 남게 되었다. 교각에는 옛 다리 전경과 다리 위를 건너는 경운기 사진이 걸려있다. 보는 순간 30여 년 전으로 이끌고 간다. 추억 속 출렁다리는 강촌테마파크를 잇는 물깨말교 옆에 복원되어서 강촌을 찾는 이들의 추억을 만드는 중이다.

부릉부릉 소리 나는 곳으로 눈을 돌리니 강촌교 아래 강가로 내달리는 사발이가 보인다. 여러 대가 흙먼지를 일으키며 달린다. 젊은 웃음과 환호성이 들리자 80년대에 MT 왔던 장면이 스쳐 지나간다. 동쪽을 바라보

북한강

니 양쪽 산 가운데로 북한강이 흐른다. 다산은 이러한 지형이 '협곡'이라고 『아언각비(雅言覺非)』에서 정의를 내리고 이곳을 예로 들었다. 그러면서 심산유곡을 협곡이라 부르는 것은 잘못되었다고 지적한다. 마을 사람들은 이곳을 등달협(燈達峽)이라 불렀으나 다산은 현등협(懸燈峽)이라 적고 시를 짓는다.

현등협은 예전의 난산(蘭山)인데
절벽은 불에 탄 흙 이고 있고
양쪽 절벽 서로 부딪칠 듯하며
묶은 듯한 협곡은 늘 어두워라
사람 어깨 부딪칠까 걱정스럽고
강물은 실오라기처럼 통하는데
높은 곳 나뭇잎은 바람에 흔들리고

무너질 듯 여울은 땅 기둥에 들려있으며
겹쳐진 산봉우리 태양을 삼키어
맑은 낮에도 흙비가 날리네
귀문(鬼門)* 에 빠진 것 같으니
돌아갈 길 어디서 찾을거나
산등성이는 점차 굽어지며 동그랗고
물 형세는 협유(夾庾)의 활* 편 듯한데
차츰 닭 울고 개 짖는 소리 들리더니
멀리 인가의 울타리가 보이는구나
懸燈古蘭山 현등고난산
絶壁戴焦土 절벽대초토
兩厓欲相撞 양애욕상당
束峽昏萬古 속협혼만고
直愁礙人肩 직수애인견
江流通一縷 강유통일루
高葉搖天風 고엽요천풍
崩湍掀地柱 붕단흔지주
攢峯蝕太陽 찬봉식태양
淸晝騰霾雨 청주등매우
決知陷鬼門 결지함귀문
歸路將焉取 귀로장언취
山脊稍彎環 산척초만환
水勢開夾庾 수세개협유
漸聞鷄犬聲 점문계견성
籬落遠可數 리락원가수

* 귀문(鬼門) : 옛날 중국의 관문 이름으로, 오늘날 광서(廣西)의 북류(北流)와 옥림(玉林) 사이에 위치하는데 지형이 매우 험준하다고 한다.
* 『고공기(考工記)』에 "협유(夾庾)의 활은 다섯을 합하여 규격을 이룬다."라는 구절이 있다.

첫 구에 등장한 '난산(蘭山)'에 대해 정약용은 『천우기행』에서 삼악산의 남쪽에 있었을 것이라고 보았다. 위 시도 같은 입장이다. 『신증동국여지승람』은 춘천 고적 항목에서 "본래 고구려의 석달현(昔達縣)이다. 신라 경덕왕(景德王)이 난산현으로 고쳐 우두주(牛頭州)의 관할 현으로 하였다. 지금은 있던 곳이 어딘지 자세히 알 수 없다."고 설명한다. 이 자료는 고구려의 '석달현'이 '난산현'으로 바뀌었으며, 춘천지역에 속한다는 것을 알려준다. 이 자료보다 더 자세한 것은 엄황의 『춘주지』인데 정약용과 다르게 설명한다. "부 북쪽 35리에 있다. 일명 고탄(古呑)이라 한다. 고구려 때에는 석달현이었는데, 신라 경덕왕 때 난산으로 고쳐 우두주의 관할 현으로 하였다."라고 기록하고 있다. 난산은 지금의 고탄리와 고성리 일대였다.

다리를 건넜다. 삼악산 밑으로 자전거도로가 협곡을 따라 이어진다. 자전거 도로 위는 협곡을 따라 다리가 길게 늘어섰다. 등선폭포 입구를 지난다. 건너편 레일바이크 시설에서 흘러나오는 경쾌한 노래 소리가 협곡에 울려 퍼진다.

6

맥국에 부는 바람

맥국에 부는 바람

소양댐뱃터
마적산
천전리
신동
율문리
신북읍
우두산
지내리
사농동
동면
우두동
장학리
신사우동
소양강처녀상
소양정
소양로1가
중도
강원도청
춘천역
감정리
춘천평화
생태공원
공지천
의암댐

석문에서 역사를 생각한다

강촌에서 시작한 협곡은 의암댐이 보이는 지점에서 끝난다. 의암리 앞에서 북한강이 굽이치며 현등협을 통과하는데 길이가 10여 리나 된다고 하였을 만큼 긴 구간이다. 이제 자전거가 달린다. 그 사이에 호로탄(葫蘆灘)·쇠오항(衰吾項)·학암탄(鶴巖灘)을 지나왔으련만 어디인지 알 길이 없다. 다산은 의암리를 칠암촌(漆巖村)으로 표기한다. 아무런 의심 없이 의암리(衣巖里)라 생각했는데 다른 시각이 흥미롭다. 의암리 일대에 옻나무가 많아 옻으로 생업을 도모했을지도 모를 일이다. 이웃 마을 칠전동(漆田洞)이 열쇠를 쥐고 있을 것 같다.

배는 이윽고 의암댐 부근을 통과하게 되었는데 다산은 주변의 바위벽을 쳐다보고 놀란다. 양쪽 모두 장엄했으나 오른쪽에 높이 선 바위는 마치 사람을 내려다보는 듯 기이했다. 이곳이 바로 석문(石門)이다.

천지가 갑자기 환하게 넓어지니
아! 들 빛이 얼마나 웅장한지
두려워 숨죽이다 이내 풀리며
맑게 흩어져 갈 곳을 모르겠네

二儀忽昭廓 이의홀소곽
野色噫何壯 야색희하장
悚息俄縱弛 송식아종이
散朗疑所向 산랑의소향

의암댐 위 신연교를 건너며 춘천 쪽을 볼 때마다 나도 이러했다. 특히 물안개 피어오르는 겨울엔 환상적인 무채색 그림이었다. 이곳은 춘천에서 절경으로 손꼽히는 곳이다. 북한강에 인접한 삼악산과 두름산을 아울러 '소금강'이라 부를 정도였다. 현등협이 긴 협곡이라면 이곳은 짧으면서 강렬한 협곡이다. 풍수에선 이곳을 수구(水口)로, 전략적인 입장에선 춘천의 목구멍과 같이 중요한 곳으로 인식하였다. 시는 계속 이어지는데 다산은 이곳에서 역사를 떠올린다.

춘천의 관문인 석문

작기는 하지만 옛날에는 나라였고
하늘이 만든 특별한 지형인데
석문(石門)은 더욱 기괴하여
어부는 밤이면 늘 곁에서
홍망성쇠의 자취를 생각하니
천 년 지났으나 비통해지네
蕞爾曾亦國 최이증역국
天作有殊狀 천작유수상
石門復奇譎 석문부기휼
漁人常夜傍 어인상야방
緬思興廢跡 면사흥폐적
千載動哀愴 천재동애창

실학자 이익(李瀷, 1681~1763)은 전쟁이 일어날 경우에 자체적으로 방어할 곳은 춘천 한 곳 뿐이라며 말을 잇는다. "중첩한 산이 사방에서 둘러싸 옹호하고 가운데에 비옥한 들판이 있다. 한 사람이 관문을 막고 있으면 만 명도 뚫고 들어오지 못할 것이니, 정말 난공불락의 유리한 지리적 조건이다." 금으로 세운 성과 성 둘레의 못을 뜨거운 물로 가득 채운 금성탕지(金城湯池)인 것이다. 그러나 천혜의 요새도 역사의 홍망성쇠를 빗겨가진 못했다.

중국의 한나라 광무제 때 춘천의 통치자는 유리한 지형에도 불구하고 외적의 침입에 죽임을 당하였고, 아녀자들은 나가서 항복해야만 했다. 진한과 춘천 지역이 힘을 겨룰 때 춘천의 토지가 비옥하고 백성들이 잘 살고 윗사람을 잘 따른다는 소문을 듣고 진한에서 백성을 거느리고 항복한 사람도 있었다. 그는 이곳에서 우두머리가 되고 싶었으나 끝내 왕 노릇을 하지 못한 역사를 언급하면서 다산은 마지막으로 이렇게 읊조린다.

흐르는 물 따라 모두 사라지고
푸른 산만이 묵묵히 있으니
슬프구나! 맥국의 일이여
굽어보고 쳐다보며 탄식하노라

微滅隨流水 미멸수류수
寂黙餘青嶂 적묵여청장
哀哉夷貊事 애재이맥사
俛仰一惆悵 면앙일추창

산천은 의구하되 인걸은 간 데 없는 형국이다. 맥국을 떠올리면서 다산은 지형의 이점을 살리지 못하고 백성들을 험지로 내몬 어리석은 통치자를 비판한다. 그의 눈앞으로 19세기의 위정자들이 스쳐 지나갔을 것이다. 백성들의 고통을 모르쇠하고 자기 당파의 이득만을 탐하던 중앙 정계에 대해 비통함을 느꼈을 것이다. 신냉전시대로 스스로 뛰어드는 작금의 현상을 본다면 어떤 심정일까. 비통함을 넘어 분노의 장편시를 지을 것이다.

신연강 바람에 허리띠가 나부끼네

석문에서 배를 멈추고 맥국을 떠올리면서 어리석은 통치자를 비판하다 보니 시간이 지체되었다. 덕두원 입구를 지나 신연나루에 이르니 해가 뉘엿뉘엿 넘어간다. 1820년의 일이다. 다산은 맏형 정약현을 모시고 춘천으로 오는 중이다. 형의 둘째 아들인 학순(學淳)이 샘밭에 사는 경주 이씨 여자와 혼례를 올리게 되자, 평소 춘천 일대를 여행하고 싶었던 다산은 함께 춘천을 방문하게 되었다.

신연나루에서 시를 짓지 않을 수 없다. 「신연나루에서 두보의 길백도 시에 화답하다[新淵渡和桔柏渡]」란 시다.

사랑스러워라 이 무릉도원의 물은
본디 금강산에서 나온 것인데
평소 명산을 구경하고픈 소원을
늘그막에도 끝내 이루지 못했다가
이번 길에야 다 구경하게 되니
허리띠가 멀리 바람에 나부끼네
愛此仙源水 애차선원수
本出長安橋 본출장안교

夙昔名山願 숙석명산원
到老竟蕭蕭 도노경소소
今行可窮覽 금행가궁람
衣帶遠飄颻 의대원표요

길백도(桔柏渡)는 중국 땅 문주(文州)와 가릉(嘉陵)의 두 강물이 합류하는 곳이다. 화천에서 오는 강물과 인제에서 내려오는 소양강물이 합쳐지는 곳 바로 밑에 신연나루가 있는 것과 같다. 그는 늘 한강의 근원과 주변의 강에 대해서 알고 싶었다. 바람에 나부끼는 옷자락은 실제로 방문하게 되어 한껏 고양된 다산의 마음이다. 들뜬 마음으로 신연나루를 지나고 있었다.

다산은 두 번의 춘천 여행을 마치고 『산수심원기』를 저술한다. 그 책의 앞부분을 읽어본다.

신연나루

북한강의 물은 모두 뭇 산골짜기에서 나오니 이것이 산수(汕水)요, 남한강의 물은 모두 원습지(原隰地)에서 나오니 이것이 습수(隰水)다. 글자의 의미로 보아 아주 명확하여 혼동할 수 없는 사실이며, 몸소 답사하고 목격한 결과 전연 의심할 수 없는 사실이다. 그러므로 나는 춘천과 화천의 물이 산수(汕水)가 된다는 것을 단정 지었다. 근년에 재차 춘천에 들어가 옛날에 들은 말로 새로이 살핀 것을 징험하여 다음과 같이 심원기(尋源記)를 쓴다.

다산에 의하면 북한강은 산수(汕水)고, 산수에 대한 자세한 보고서가 『산수심원기』다. 여행을 다녔다고 해서 유람만 한 줄 알았는데 여행이 끝날 때마다 책 한 권씩 출간했다. 먹고 놀기에 바쁜 우리네 유람에 대한 일침이다.

신연강은 소양강과 북한강이 합쳐서 가평 쪽으로 흐르는 강이다. 신연나루를 건넌 후 덕두원을 거쳐 석파령을 넘는 길은 서울과 춘천을 잇는 주요한 길이었다. 1939년에 신연교가 만들어지면서 쇠퇴했지만, 신연나루는 춘천의 관문이 되어 번창하였다. 춘천으로 새로 온 관리를 신연나루에서 맞이하고 떠나는 관리를 이곳에서 보냈다. 보내고 맞이할 때 아전과 군사, 악공들이 모두 동원되어서 악기를 연주하였고 깃발은 하늘을 가릴 정도였다.

내 들으니 화천의 협곡은
여울이 너욱 위세를 부린다기에
서운하게 중도에 길을 바꾸니
후일의 기약은 바랄 수도 없고

처자식이 한가한 몸 구속을 하니
부끄러운 마음에 얼굴이 붉어지네
吾聞狌首峽 오문성수협
灘瀨益宣驕 탄뢰익선교
悵然中改路 창연중개로
後期不可要 후기불가요
妻拏絆閒身 처노반한신
愧赧顏發潮 괴난안발조

집안의 혼사는 핑계고 북한강에 대한 연구가 첫째 목적이었다. 처음 여행부터 화천으로 향하고 싶었으나 여의치 못해 청평사로 가게 되었음을 알 수 있다. 그러나 1823년에 기어코 화천쪽으로 향하였다.

'처자식이 내 몸을 구속하니 부끄럽다'는 다산의 말을 어떻게 이해해야 할까. 선비는 덕을 닦지 못하는 것과 학문을 익히지 못하는 것, 옳은 일을 듣고도 실천하지 못하는 것과 옳지 못한 점을 고치지 못하는 것을 근심하는 우환의식(憂患意識)이 있어야 한다. 가장으로 집안일을 처리하면서 사소한 일에 얽매이는 자신이 부끄러웠던 것일까. 백 번 양보하더라도 집안일에 구애되지 않고 자유로이 학문에만 열중하고 싶다는 욕망을 표현한 것이 아닐까. 그러나 바람일 뿐 집안일에 눈감을 수 없었다.

소양정에서 시대를 아파하다

해는 벌써 석파령을 뉘엿뉘엿 넘어가고 있었다. 신연나루를 지나자마자 사공은 근화동 부근에 있던 대바지 마을에서 자자고 청하였으나, 재촉하여 소양정 밑에 정박하였다. 신연나루부터 소양정까지 많은 여울을 지나왔다. 소양강과 북한강이 만나는 곳에 아올탄(阿兀灘)이 있었고, 대바지 마을 서쪽에서 소리 내며 흐르는 곡장탄(曲匠灘) 주변은 흰모래가 눈부시게 빛났다. 노고탄(老姑灘)을 지나 맑고 깊은 물길로 몇 리를 올라가니 병벽탄(洴澼灘)이다. 노를 저을 수 없어 10여 명이 배를 끌어 올려야 했다.

때는 1823년 4월 18일. 소양정에서 놀이가 한창이었다. 다산은 「산행일기」에 그날의 일을 자세하게 기록하였다.

> (일행이) 모두 소양정에 올라갔다. 이광수(李光壽)가 정중군(鄭中軍)과 현파총(玄把摠)을 이끌고 잔치를 열어 음악소리가 요란하다. 나는 꼼짝 않고 누워 참석하지 않고 말하기를, "소양정이 이제 예음정(曀陰亭)이 되었으니 오를 수 없다."고 하였다. 예조판서 이호민(李好敏) 또한 함흥

과 영홍의 여러 무덤을 살피고 돌아오다가 춘천을 거쳐 홍천으로 가는 도중에 소양정에서 쉬는데, 나팔소리와 깃발의 모습이 자못 성대하였다.

홀로 있는 정약용에게 나이 든 향리가 찾아와서 춘천은 망했다고 하소연 한다. 아전들은 모두 아귀같이 돈을 보면 삼키고 곡식을 보면 마셔대기 때문에, 비록 선정을 베푸는 이가 있다 하더라도 어찌할 수 없을 것이며, 어진 관리가 부임하더라도 벼슬을 버리고 돌아갈 것이라고 안타까워한다. "춘천은 우리나라의 성도(成都; 촉의 도읍지)여서, 국가에서 필히 보호해야 할 땅인데 지금 이와 같이 망가졌으니 아! 참으로 애석한 일이다. 다시 불러들여 안정시키자면 6~7년 동안이 아니고는 안 될 것인데, 아침에 발령 내면 저녁에 옮기게 되었으니, 아! 이를 장차 어찌할 것인가."라는 탄식이 절로 나왔다.

정자는 경관이 좋은 냇가나 강가 또는 호수나 바다 등에 임하여 세워진 것들이 많다. 선인들은 정자에서 수양하고 배우며 인륜의 도를 가르치기도 했다. 마을사람들의 모임이나 각종 계의 모임을 가지기도 했다. 시인묵객들 뿐만 아니라 길손들이 휴식을 취하면서 홍취를 만끽했을 뿐만 아니라, 산수의 아름다움을 감상하고 즐기는 공간이었다. 여기서 더 나아가 놀이를 위한 공간이기도 했으나, 다산이 목격한 소양정의 잔치는 놀이의 정도를 벗어났다.

'소양(昭陽)'은 '양(陽)을 밝힌다, 양(陽)을 나타나게 한다' 등으로 풀이할 수 있다. 정약용이 목격한 소양정은 소양의 의미가 아니라 정반대로 비쳐졌다. 그래서 음산할 '예(曀)' 자와 그늘 '음(陰)' 자를 써서 '예음정(曀陰亭)'이 되었다고 비판한다. 과도한 잔치를 보고 황폐해진 현실을 들

소양정

은 다산은 가슴이 아려왔다.

'봉의산 가는 길'에서 커피 한 잔 마시고 선정비를 둘러본 후 소양정으로 향한다. 다산이 오른 소양강은 지금의 소양1교 부근에 있었다. 전쟁을 겪은 후 봉의산으로 올라갔다. 숨이 찰 무렵 계단 위로 소양정이 보인다. 소양정에 오르니 유명한 시인들의 작품이 가득하다. 다산의 시 「소양정에서 옛일을 회상하다[昭陽亭懷古]」를 천천히 읽었다.

어부 북한강 근원 찾아 춘천에 들어오니
붉은 누각 나는 듯 만정봉(幔亭峰) 앞에 있네
궁씨(弓氏) 유씨(劉氏)의 요새는 모두 없어졌으며
한(韓)과 맥(貊)과 싸움 끝내 가련하게 되었으나
춘천 옛 땅엔 봄풀이 아스라하고
인제에서 흘러온 물엔 낙화가 어여쁘네
시를 깁으로 싸거나 소매로 터는 게 뭔 소용이랴
물가 버드나무에 해지는데 홀로 닻줄을 푸네
漁子尋源入洞天 어자심원입동천
朱樓飛出幔亭前 주루비출만정전
弓劉割據渾無跡 궁유할거혼무적
韓貊交爭竟可憐 한맥교쟁경가련
牛首古田春草遠 우수고전춘초원
麟蹄流水落花姸 인제류수락화연
紗籠袖拂嗟何補 사롱수불차하보
汀柳斜陽獨解船 정류사양독해선

다산은 집안 혼사 때문에 춘천을 찾았지만 북한강을 눈으로 확인하고 싶은 생각이 굴뚝같았다. 춘천에 오니 소양정이 봉의산 앞에 우뚝 섰다. 만정봉(幔亭峰)은 중국 무이산에 있는 봉우리로 봉의산을 뜻한다. 다산은 예전 춘천 땅에 낙랑과 대방이 있었다고 보았는데, 유무(劉茂)와 궁준(弓遵)은 그곳의 태수였다. 이들은 북으로는 맥(貊), 남으로는 진한(辰韓)과 경계를 두고 싸웠다고 생각했다. 지금 춘천에 오니 옛 터에 봄풀만이 우거지고 강물엔 꽃잎이 떠서 내려오고 있다. 그야말로 시간의 덧없음이다. 소양정에 오르니 조선의 명사들이 지은 시가 즐비하다. 편액을 보호하느라 푸른 깁으로 싸 놓은 것도, 관기가 소매로 편액의 먼지를 터는 것도 시간의 흐름 속에서 의미가 퇴색된다. 그렇다고 모든 것에 손을 놓을 수 없다. 다산은 춘천의 피폐함에 애석해 하면서 장차 해야 할 일을 생각했다. 해는 지고 도와주는 사람이 없지만 닻줄을 푸는 것이 해답이다. 닻줄을 푸는 행위는 손을 놓고 있는 것이 아니라 자기가 할 수 있는 무언가를 하는 것이다. 그래서 마지막 구절은 장구한 역사 속에서 부질없는 행위로 보이지만 희망적이다.

옛 소양정

산이 머니 평평한 들 넓구나

봉의산 아래 소양강변으로 향한다. 소양로와 후평동을 잇는 길은 늘 붐빈다. 질주하던 차들이 잠시 멈춘 틈을 타서 횡단보도를 건넌다. 자전거 도로는 후평동을 향해 조금씩 길을 넓히고 있다. 나무 데크 위를 걷는다. 강 건너 성벽을 이룬 아파트가 호수로 변한 소양강에 일렁인다. 나루가 있었을 다리 위로 꼬리를 문 차량이 달린다. 다산의 시를 꺼내 천천히 읽는다. 제목은 「소양나루에서 두보의 수회도(水廻渡)시에 화답하다」이다.

소와 말은 나룻가에 서 있고
모래톱 물은 다시 잔잔해지네
도읍에 가까워지자 풍경은
넓게 트이어 험난한 곳 없고
강이 둘러싼 정자 성대하며
산이 머니 평평한 들 넓구나
부드러운 버들 나풀거리는데
거칠게 세찬 물결로 나가네

牛馬立渡頭 우마립도두
沙水復平安 사수부평안
氣色近都邑 기색근도읍
曠莽無險難 광망무험난
江繞朱樓敞 강요주루창
山遠平蕪寬 산원평무관
便娟有柔態 편연유유태
麤惡羞狂瀾 추오수광란

소양1교와 소양강

다산은 의암댐을 지나며 "천지가 갑자기 환하게 넓어지니 / 아! 들 빛이 얼마나 웅장한지"라고 감탄한 바 있었다. 협곡을 통과하자마자 넓게 펼쳐진 춘천의 인상이 이러했다. 매월당 김시습은 "산은 첩첩 북쪽에서 굽어오고 / 강은 절로 서쪽으로 흐르네"라고 묘사했는데, 봉의산 자락에 선 다산은 눈에 들어온 우두벌을 "산이 머니 평평한 들 넓구나"라고 그린 후, 강가의 버드나무 하늘거리는데 세찬 물결을 가르며 우두동으로 향했다.

다산은 춘천의 맥국설에 대해서 부정적인 입장을 보인다. 그는 "맹자의 말에 '맥에는 오곡이 나지 못하고 오직 기장만이 난다.'고 하였는데 춘천이 그러한가? 『한서(漢書)』에 이르기를 '호맥(胡貊)의 땅에는 나무껍질이 세 치나 되고 얼음 두께가 6척이나 된다.'고 하였는데 춘천이 그러한가?"라고 반문하며 자신의 논리를 펼쳤다. "흙의 성분 벼와 목화에 알맞아 / 예부터 굶주림과 추위 없었네"라고 시는 이어진다. 우두벌 때문에 춘천 사람들은 굶주림에서 벗어났다고 본 것이다. 이중환은 강을 끼고 있는 마을 가운데 가장 살기 좋은 곳 중의 하나로 우두벌을 꼽았다. "우두촌(牛頭村)은 들판이 멀리 펼쳐져서 시원하고 명랑하다. 또 강 하류로 배가 드나들어서 생선과 소금을 교역하기가 편리하다." 『택리지』는 이렇게 적었다.

선경의 물 설악에 이르렀다가
수없이 구비 치고 돌며 오는데
내가 들으니 산삼 씻은 물은
진액을 마르지 않게 한다던데
오매불망 오색 약수를
어떻게 한번 마셔 볼거나

仙源抵雪嶽 선원저설악
到此九折盤 도차구절반
吾聞洗蔘水 오문세삼수
不令津液乾 불령진액건
寤寐五色泉 오매오색천
何由得一餐 하유득일찬

다산은 북한강에 대한 종합보고서인 『산수심원기(汕水尋源記)』에서 소양강의 발원지가 두 곳이라고 보았다. 오대산에서 나와 기린을 지나는 내린천이 하나고, 한계산에서 흘러나오는 물이 나머지 하나다. 한계산은 설악산의 일부로 안산이 있는 서북주릉을 말한다. 소양강은 두 물이 인제 합강정 아래서 만나 수없이 구비 치면서 춘천을 향해 흘러온 것이다. 설악산을 경유해 온 소양강물을 보고 다산은 오색약수를 떠올린다. 건강염려증 때문이 아니라 지적 호기심, 혹은 과시 때문인 것 같다. 소양나루를 건너며 "나의 재주 세상과 서로 맞지 못하니 / 괴롭게 소금 수레 끌고 태행산에 올라가네 / 큰 박은 너무 커서 쓸 수 없으니 / 이상향에 심는 것이 좋으리라"라고 고뇌했던 김시습과 다른 모습이다. 18년의 유배 생활이 그를 번민과 회한에서 달관과 무심의 경지로 이끌었을까? 아무리 그렇다고 해도 본인의 감정을 드러내지 않아 시를 읽는 내내 서운했다. 강물은 저리 일렁거리고 해는 뉘엿뉘엿 지는데.

우두동에서 하룻밤을 보내다

청평사를 유람한 다산은 돌아오는 길에 우두동에 들려 하룻밤을 보낸다. 앞에 펼쳐진 넓은 들판을 보고 감회가 일어 「우수주(牛首州)에서 두보의 성도부(成都府)에 화답하다」란 시를 짓는다. 1820년의 일이다.

우두동 어디서 유숙했을까. 소양1교를 건너면서부터 주변을 두리번거렸으나 짐작하기 어렵다. 햇살속에 은행잎이 노랗게 낙하하는 길은 우두산쪽으로 이어진다. 차도에서 벗어나 농로로 들어섰다. 추수를 마친 논에 볏단이 누워있다. 밭은 온통 햇살에 하얗게 빛나는 비닐하우스다. 올해 토마토 농사는 끝난 것 같다. 대신 부추가 푸르게 자라고 있다. 다산은 "흙의 성분 벼와 목화에 알맞아 / 예부터 굶주림과 추위 없었네"라고 「소양나루에서 두보의 수회도(水廻渡)시에 화답하다」에서 읊조렸는데 우두벌 한가운데 서니 머리가 끄떡여진다.

저녁에 우수촌에서 잤는데
자세히 사방을 살펴보니
아, 이 낙랑성(樂浪城)을
맥향(貊鄕)이라 잘못 부르지만
나무껍질은 일 촌도 되지 않고
오곡은 밭둑에 연이어 자라네

날씨 포근하여 빨리 움트니
초여름에 나뭇잎 이미 푸르며
뻐꾸기는 나무마다 울어대고
꾀꼬리 유연한 가락으로 연주하네
暮宿牛首村 모숙우수촌
顧瞻詳四方 고첨상사방
嗟玆樂浪城 차자락랑성
冒名云貊鄕 모명운맥향
木皮不能寸 목피불능촌
五穀連阡長 오곡연천장
地暄發生早 지훤발생조
首夏葉已蒼 수하엽이창
鳲鳩樹樹喧 시구수수훤
黃鳥弄柔簧 황조농유황

다산은 춘천의 맥국설에 대해서 부정적인 입장이었다. "춘천은 맥국이 아니다."로 시작하는 '맥국에 대한 변증[貊辨]'에서 그의 생각을 읽을 수 있다. 춘천이 맥국의 수도가 아니라 낙랑이 남하하여 춘천으로 옮긴 후, 중국의 관리가 파견되어 지켰다고 보았다. 실제로 그의 눈앞에 펼쳐진 들판은 따뜻하며 비옥하였다.

옛날 신라왕이 순행 하고부터
중국 사신 건너던 다리 없어졌고
비석마저 오래도록 묻혀 버려서
높은 명성이 끝내 아득해졌네
南韓昔巡撫 남한석순무
漢使川無梁 한사천무량
勒石久埋沒 륵석구매몰
薰聲竟微茫 훈성경미망

『한서』를 보면 한무제가 '팽오를 시켜 창해군을 설치하고, 팽오를 시켜 길을 뚫게 했다'는 기록이 보인다. 홍만종의 『동국역대총목』엔 '단군이 팽오를 시켜 국내 산천을 다스려 백성들의 살림을 높였다'고 하며, '우수주에 팽오비가 있다'는 대목도 있다. 팽오가 길을 내었다는 이야기는 널리 퍼져서 후대 사람들의 작품 속에 등장하곤 했다. 조선후기의 실학자인 유득공(柳得恭)은 "통도비석 깨어져서 가시덤불 속에 매몰되었네"라 하였고, 신위(申緯)는 "지금도 통도비 세운 팽오를 기억하네"라 읊조렸다. 시비와 진위를 떠나 우두벌은 유구한 역사의 현장이었고, 춘천을 찾은 시인들은 우두벌 한가운데 서서 시를 지었다.

지금 우두벌은 아파트가 잠식하는 중이고, 시인들은 더 이상 우두벌을 노래하지 않는다. 다산 시의 마지막 구절은 오늘을 예언한 것 같다. "우리나라 역사 그 누가 읽으랴 / 올라와 보니 슬프기 그지없네"

우두벌, 멀리 봉의산이 보인다

맥국을 굽어보던 마적산은 말이 없네

소양강 바람은 날카로웠다. 우두산을 휘감고 돌아가는 자전거 길 위로 우악스럽게 달려온다. 억새가 서걱서걱 소리를 낸다. 파르륵 파르륵 날아오르던 새는 바로 풀숲으로 숨는다. 고개를 숙이고 걷다가 잠시 머리를 드니 곧게 뻗은 자전거 길은 끝이 없다. 자전거 한 대 없는 무미건조한 길바닥을 바람만이 훑고 지나간다. 추위에 시퍼렇게 질린 마적산이 멀리 보인다. 산 아래 맥국의 터전이었던 신북읍 일대는 막국수집이 점령했고, 이후 닭갈비집들이 세력을 뻗치는 중이다. 조그맣던 식당이 대형화되면서 옛 자취는 사라지고 화려함이 넘쳐난다.

다산은 마적산 아래 천전리에서 걸음을 멈추었다. 「마적산에서 두보의 녹두산시에 화답하다」란 긴 시를 짓는다.

저물어 마적산에 투숙했는데
술이 깨자 목이 더욱 갈증 나지만
동산 정자에서 서늘한 바람 맞으니
맺혔던 가슴 시원해지네

暮投馬跡山 모투마적산
酒醒喉更渴 주성후경갈
園亭迓風涼 원정아풍량
卽此已披豁 즉차이피활

바람은 더 날카로워졌고 서쪽 하늘은 어둑해지는데 다산의 시가 반갑다. 어제 과음을 했는지 갈증이 난다는 대목에선 나도 모르게 입 꼬리가 올라간다. 다산도 어제 과음을 하셨구나! 술 마신 다음날 쓰린 배를 잡고 냉수를 찾던 내 모습이 자랑스럽게까지 여겨진다. 왜 그리 술을 드셨을까. 시는 이어진다.

예전 사마휘를 생각하나니
물거울 같이 맑은 빛 발하며
널리 배우고 정밀히 연구하여
의심과 불안 남기지 않았는데
고독하게도 천하 속에서
혼자 기형아 되었네
緬懷司馬徽 면회사마휘
水鑑淸映發 수감청영발
博學復精研 박학부정연
疑殆鮮所闕 의태선소궐
踽踽宇縣內 우우우현내
獨成支離兀 독성지리올

사마휘는 유비에게 제갈량과 방통을 추천하면서 두 사람 중 한 사람만 얻어도 천하를 평정할 수 있다고 알려준 사람이다. 사람을 알아보는 재주가 있어 '수경선생(水鏡先生)'이란 호칭을 얻었다. 유비가 그에게 도움을 청했으나 “산과 들에서 한가로이 거니는 사람이 세속의 등용을 감당할 수 없다”며 완곡하게 거절하였다. 느닷없이 사마휘가 왜 등장했을까. 하룻밤 묵은 집 주인을 사마휘라 보았을까. 아니면 18년 동안 강진에 유폐되었던 자신을 빗댄 것일까. 수백 권의 책을 썼지만 쓸쓸한 노인이 된 다산은 넓은 땅에 혼자 남겨진 불구자라는 데까지 생각이 미쳤다. 어느새 술은 주량을 넘어섰다. 다산의 시심은 끝이 없다.

공자는 싹이 자라지 못함을 한하고
오십 세까지 더 살기를 바랬었지
엣 경전 항상 지니고 다니며
기둥에 기대 달에 번번이 비춰보네
魯叟恨苗秀 노수한묘수
五十希延活 오십희연활
遺經尙自隨 유경상자수
每照空樑月 매조공량월

공자는 학문을 시작만 하고 결과를 이루지 못하는 것을 “싹만 나오고 꽃을 피우지 못한 자가 있고, 꽃만 피우고 결실을 맺지 못하는 자도 있다”라고 질책했다. 또 이런 말을 했다. 나에게 몇 년 더 살게 해 준다면 오십 살에 『주역』을 배워서 큰 허물없게 살 수 있을 것이라고. 옛 경전은 『주역』이다. 다산은 늘 『주역』을 갖고 다니다가 틈만 나면 읽겠노라고 다짐하며 시를 마친다. 유배 트라우마가 아직 남아 있는 것은 아닐까. 늘 조심스럽게 이 세상을 횡단하겠다는 다짐에 가슴이 시려온다.

눈이 온다고 하더니 성근 눈발이 사선으로 내린다. 강 건너편서 샘밭을 바라보니 이정형이 살던 마을이 마적산 아래 웅크리고 있다. 다산은 큰형이 아들을 데리고 경주이씨 집안과 혼사를 치르기 위해 춘천으로 행차했을 때인 1820년에 이곳에 들려 술 한 잔과 시 한 수를 남겼던 것이다. 눈이 오는 샘밭에서 전병을 시켜놓고 동동주를 마시며 다산의 시를 읊조리고 싶다.

마적산

누추하지 않는 삶 7

누추하지 않는 삶

기락각을 찾아 소양댐에 오르다

힘이 부친 듯 저속으로 고갯길을 돌던 차는 헐떡거리며 겨우 소양댐 정상에 올랐다. 차에서 내리자마자 강바람과 함께 80년대 후반으로 돌아간다. 함박눈이 내리던 1월이었다. 신북읍 율문리에 있던 102보충대로 머리를 깎고 입대했다. 며칠 뒤 버스는 소양댐에서 멈췄고, 바깥이 보이지 않는 군함을 타면서 양구에서의 군 생활이 시작되었다. 쾌룡호를 타고 휴가를 나오기도 했다. 전역할 때 배에서 내리며 이곳에 다시 오지 않겠다고 다짐하곤 담배를 물었다.

청평사로 가는 배 표를 끊으며 피식 웃었다. 30여년이 흐르자 말년 병장 군복처럼 힘든 군 생활추억도 바래졌구나! 3년에 걸친 군 복무기간 중 이젠 몇 장면만이 소양호 위에서 명멸한다. 사진 촬영을 부탁하는 커플은 호수를 배경으로 섰다. 배가 지나가자 물살이 일렁이고 잔물결이 산기슭에 하얗게 부딪친다.

김창협(金昌協, 1651～1708)은 1696년 8월에 소양정에 올라 술 한 잔 마신 후 강을 건넜다. 샘밭을 지난 뒤 청평사로 향하다가 벼랑길에서 식은땀을 흘렸다. 강렬한 경험이라 협곡에 매달려있는 벼랑길을 부복천(扶

服遷)이라 「동정기」에 적었다. 1820년에 다산도 이곳을 지났다. 그는 부복천을 기락각(幾落閣)이라 고쳐 적으며 이유를 밝힌다. “기락각은 포복천(匍匐遷)인데 김창협은 이를 부복천이라 하였다. (부복(扶服)은 곧 포복(匍匐)이다.) 잔도가 매우 위태하여 사람들이 모두 기어서 지나가는데, 그것을 방언으로 바꾸어 해석하면 기(幾)는 포복(匍匐)이고, 낙이(落伊)는 출(出)이니 기어서 나가는 것을 말한 것이다. (중간에 석굴이 있는데 옛날에는 길이 이 석굴을 통하였기 때문에 기어서 나갔다.) 나는 ‘곧 추락할 것 같다.[幾乎墮落]’고 해서 기락각(幾落閣)이라고 썼다.” 그리고 시를 짓는다.

광여도. ‘기락천’이라고 표시되었다

깊은 협곡에 해 뜨니
새벽노을에 강은 붉은데
내려다보니 깊은 못이고
쳐다보니 떨어질 듯한 바위네
絶峽破積陰 절협파적음
晨霞照江赤 신하조강적
高臨不測淵 고림불측연
仰蒙將落石 앙몽장락석

강릉 안목에서 일출을 본 적이 있었다. 붉게 일렁이던 파도가 해를 토해내자 하늘로 불쑥 솟아오른 붉은 해에 덩달아 벅차올랐다. 석양만 연출하는 줄 알았는데 새벽에도 붉게 물들다니. 다산은 이른 새벽에 청평사로 향하였다. 벼랑길에서 협곡 사이로 붉게 흐르는 강물을 망연자실 바라보았다. 위험한 벼랑길이란 것도 잊은 채 한동안 넋을 놓았다. 옅어지는 물색에 정신 차려보니 바위는 머리 위에 떨어질 듯 매달려 있는 것이 아닌가. 20세기 초에 작성한 지도를 펼쳤다. 소양댐이 만들어지기 전의 지형이 그대로 그려져 있다. 청평사와 샘밭 사이에 가파른 협곡이 표시되어 있다. 기락각이 있었을 것이다. 지도를 펼치니 벼랑길 있던 협곡에 소양댐이 버티고 있다. 시는 이어진다.

가벼운 배 공연히 버려두고
짚신 신고 산사람 따라가네
넋이 나가 나아가지 못하는데
진흙에 범 발자국 금방 찍혔네
輕舟漫自棄 경주만자기
躡屩隨山客 섭교수산객

魄慄不敢前 백률불감전
新泥印虎跡 신니인호적

고향집에서 배를 타고 북한강을 거슬러온 다산은 소양정 아래에 배를 묶어두고 육로로 여행을 시작했다. 여유만만하던 유람은 벼랑길을 만나면서 반전되었다. 넋이 나가 나아가지 못한다는 시구는 완곡한 표현이리라. 점잖은 양반 체면에 그냥 돌아갈 수 없지 않은가. 벼랑길이 매우 위험

소양댐에서 바라 본 소양강 하류

하여 사람들이 모두 기어서 지나갔다고 하니 다산도 엎드려서 갔을 것이다. 엉금엉금 기어가는데 방금 찍힌 호랑이 발자국이 눈에 가득 들어온다. 모골이 송연해졌을 것이다.

다산을 혼비백산하게 만들었던 기락각은 이제 시 속에만 남아있다. 동양최대의 사력댐은 몇 억 톤의 수량으로 공포의 벼랑길인 기락각을 수몰시키고 늠름히 서있는데, 30년 전 군함 속에서 공포를 느꼈던 청년은 반백의 머리카락을 휘날리며 청평사행 배에 올랐다.

폭포의 나라 청평계곡, 경운대폭포

대학교를 졸업하고 처음 청평사를 찾았다. 소양댐으로 향하는 시내버스를 인성병원 앞에서 탔던 것 같다. 배를 타고 한참 만에 청평사 선착장에 닿았다. 인파에 휩싸여 청평사로 향했는데, 무엇을 보았는지 생각나는 것이 별로 없다. 배 시간에 맞추느라 손잡고 뛴 기억만 생생하다. 첫째 아이와 청평사로 향하는 배 안과 폭포를 배경으로 한 사진이 있는 걸로 보아 몇 년 후에 또 갔었던 것 같다.

청평사에서 가장 인기 있는 포토존 중의 하나가 폭포다. 폭포 앞은 늘 붐빈다. 예전 안내판은 '구성폭포'였다. 아홉 가지 소리를 낸다는 말에 눈을 감고 듣던 그때는, 구성폭포에 정신을 빼앗겨 다른 폭포의 존재 자체를 알지 못하였다. 이자현에 대해 관심을 갖고, 조선시대 선비들이 청평산을 유람하고 기록한 유산기를 따라 걷다가 최근에 들어서야 폭포가 여러 개라는 것을 알게 되었다. 사진 찍던 폭포 이름도 '구성'이 아니라 '구송(九松)' 또는 '구송정(九松亭)'이며, 이것도 와전되었다는 것을 안 것도 이때였다.

한동안 폭포가 두 개인 줄 알았다. 유산기도 대부분 두 폭포에 대해서만 언급하였고, 문집 속에서 만난 한시도 그러했다. 서종화(徐宗華,

1700~1748)의 「청평산기」에서 "식암에서 잠시 쉰 후 다시 선동의 옛 터를 보기 위해, 시내를 따라 수십 걸음 내려가니 이층 폭포가 보였다. 서쪽에 7층의 석대가 있는데, 처음엔 누가 이렇게 솜씨 있는 것을 만들었는가 생각하였다. 그러나 자세히 들여다보니 자연적으로 만들어진 것이다."란 문장을 읽고 선동에 '식암폭포'까지 있다는 것을 알게 되었다.

다산의 시를 보고 깜짝 놀랐다. 다산은 청평사를 유람하고 경운대폭포, 구송정폭포, 와룡담폭포, 서천폭포에 대한 감흥을 시를 읊었던 것이다! 청평계곡은 폭포의 나라였다. 다산이 언급한 폭포 중 먼저 경운대폭포를 찾아 나섰다.

경운대폭포

수없이 변해 고였다가 흐르나
근원은 한 줄기 샘일 뿐
급히 흐를 땐 재촉한 듯
머무를 땐 고요하여라
서글픈 꽃은 함께 갔지만
호걸다운 돌은 옮겨가질 않네
청평산을 나가는 날에는
아득히 평평한 냇물 이루리
百變渟流勢 백변정류세
由來一道泉 유래일도천
走時誰迫汝 주시수박여
留處忽蕭然 류처홀소연
怊悵花俱往 초창화구왕
雄豪石不遷 웅호석불천
須知出山日 수지출산일
浩淼作平川 호묘작평천

경운대폭포의 위치에 대해 두 의견이 있다. 구송폭포로 알려진 폭포를 경운대폭포로 보는 경우와, 구송폭포 아래에 있는 폭포를 경운대폭포라 부르는 경우다. 다음 기회에 자세하게 다루겠지만 다산은 구송폭포로 알려진 곳을 와룡담폭포라 하였다. 와룡담폭포를 용담폭포라 부르며 시를 남긴 사람도 여럿이다. 다산은 와룡담폭포 아래에 있는 것을 구송정폭포라 하였고, 구송폭포란 제목의 시가 선인들의 문집 여기저기에 수록되어 있다.

청평사에 갈 때마다 계곡을 유심히 보며 경운대폭포를 찾았다. 서천폭포는 청평사 옆 서천에 있기 때문에 다산은 상류로 올라가며 지은 것이라 생각하고 구송정폭포 아래에 주목하였다. 다산은 구체적인 모습으로 시를 형상화했기 때문에 다시 꺼내 읽었다. 고였다가 흐르며 수없이 변하고, 급히 흐를 땐 재촉한 듯하며 머무를 땐 고요한 곳. 어디일까.

매표소를 통과하면 넓은 반석 사이로 물이 쏟아져 내달린다. 여기저기서 하얗게 부서진다. 떨어진다는 표현보다는 세차게 흐른다는 묘사가 어울린다. 한바탕 쏟아진 물은 잠시 숨을 고른 후 매표소와 연결된 거북휴게소 뒤 바위 사이로 사라진다. 이곳은 여름에 평상을 설치하고 탁족을 하며 시름을 잊는 곳이기도 하다. 흐르는 물에 술잔을 띄우고 술잔이 자기 앞에 올 때 시를 한 수 읊는 유상곡수(流觴曲水) 놀이에 적합한 곳이다. 구비 친 물은 두 번 꺾어지며 떨어진 후 조그만 못에서 숨을 고른다. 매표소 위부터 휴게소 아래를 아우른 곳, 좁게는 휴게소 아래가 다산이 노래한 경운대폭포다.

하늘은 두 가닥 폭포를 드리웠네

경운대폭포를 지나자 거북바위가 길 옆에 우뚝하다. 바위 아래에 신규선(申圭善)이 새겨져 있다. 일제 강점기 때 춘천 군수를 지내며 『청평사지』를 편찬하도록 하였다. 청평사를 소개하는 안내문이 바로 위에 있다. 안내문 옆으로 계곡물이 흐른다. 물을 건너면 너럭바위가 넓게 펼쳐져 있어 쉬기에 적당하다. 이곳에서 청평사로 오고가는 사람을 맞아들이고 전송했다. 너럭바위는 청평사의 문에 해당되는 곳이며, 아쉬움의 술잔과 이별의 정회를 읊던 창작의 공간이었다. 늘 '청평팔경' 중의 하나로 꼽히곤 했다.

너럭바위 옆에 구송정이 있었다. 아홉 그루의 소나무가 주변에 있었기 때문에 이름을 얻었다. 구송대라 부르기도 했다. 청평사로 향하던 사람들의 발길이 끊이지 않았던 옛길이 계곡 건너편에 새로 생긴 넓은 길 때문에 잊히듯, 구송정도 같은 신세가 됐다. 청평사를 방문했던 선인들의 기록에 꼭 등장하던 구송정은 이제 숲속에서 길게 쉬고 있다.

정시한(丁時翰, 1625~1707)은 「산중일기(山中日記)」에서 "구송정에서 내려가 위와 아래의 폭포와 너럭바위를 감상했다. 무척이나 맑고 기이한 경관으로 산중의 가장 큰 보물이다"라고 적었다. 안석경(安錫儆, 1718~1774)은 「유청평산기」에서 "구송대로부터 골짜기에 있는 너럭바위로 옮겨 앉았다가, 한참 지난 후 일어났다"라고 기록했다. 정시한과 안석경의 글은 그들이 머물렀던 구송정이 너럭바위와 연결된 곳에 있었다는 것을 보여준다. 너럭바위 바로 옆 구송정터로 가니 돌무더기 사이로 풀만 무성하다. 나무가지가 만든 그늘 밑에서 쉬다가 눈을 돌리자 폭포가 눈에 들어온다. 하나가 아니라 두 개가 겹쳐서 보인다. 두 개의 폭포를 선인들은 이단폭포, 이층폭포, 형제폭포, 쌍폭 등으로 불렀다.

서종화의 「청평산기」에서도 두 개의 폭포를 찾을 수 있다.

> 비로소 구송대(九松臺)에 도착했다. 구송대는 돌을 쌓아 만들었다. 예전엔 구송대 주변에 아홉 그루의 소나무가 있었는데, 이 중 하나가 작년에 바람에 의해 쓰러졌다. 구송대의 북쪽에 이층 폭포가 있다. 아래 폭포는 위 폭포에 비해 한 길 정도 작다. 산의 눈이 막 녹기 시작해 계곡의 물이 막 불어나니, 폭포의 물은 세차게 부딪치며 물보라를 내뿜는다. 흐르는 물소리는 마치 흰 용이 뛰어오르며 큰 소리로 으르렁거리는 듯하다. 두 폭포 사이에 용담(龍潭)이 있는데, 웅덩이의 깊이가 얼마나 되는지 알 수 없다. 일찍이 용이 이곳에서 숨어 살았기 때문에 이름 지었다.

춘천부사를 지낸 신위(申緯, 1769~1845)는 구송정폭포에 대해 "이 고개에 수많은 소나무 있는데 / 누가 아홉이라 했는가 / 신령스런 곳이라 기이한 변화에 어지러운데 / 폭포는 홀연히 두 군데서 뿜어대네"라고 그려냈다. 신위는 두 군데서 물을 떨어뜨리는 폭포의 모습을 예리하게 포착해서 시를 지었던 것이다.

구송정폭포. 위로 와룡담폭포가 보인다

다산도 두 개의 폭포를 구분했다. 위에 보이는 폭포를 와룡담폭포라 했고, 아래에 있는 폭포는 구송정과 가까이 있기 때문에 구송정폭포라 불렀다.

하늘은 두 가닥 폭포를 드리웠고
산은 구송정(九松亭)을 내놓았네
신속함은 신선의 수레와도 같고
널리 퍼질 땐 연극 마당 같아라
급한 소리는 변괴인가 걱정이 되고
남은 힘은 평온해짐을 보겠구려
시원스러운 바람 숲의 기운이
숙취를 완전히 깨게 하는구나

天垂雙練帶 천수쌍련대
山出九松亭 산출구송정
飄忽飛仙駕 표홀비선가
平鋪演戲庭 평포연희정
急聲愁變怪 급성수변괴
餘力見調停 여력견조정
灑落風林氣 쇄락풍림기
渾令宿醉醒 혼령숙취성

다산도 신위처럼 구송정폭포의 특징을 놓치지 않고 형상화했다. 두 가닥 폭포라는 것은 두 군데서 떨어지는 폭포의 특징을 그린 것이다. 공주굴 옆 폭포를 예전에는 아홉 가지 소리를 낸다 하여 구성폭포라고 하였다가, 최근에 수정하여 구송폭포라고 부른다. 그러나 여러 기록들을 보면 너럭바위 옆에 있는 폭포가 구송정폭포 또는 구송폭포다. 다산과 신위의 시와 정시한, 안석경, 서종화 등의 기록이 뒷받침해준다.

망설임 없이 와룡담으로 떨어지다

청평사에서 가장 인기 있는 곳 중의 하나가 구송폭포다. 갈 때마다 폭포를 배경으로 찍곤 했다. 요즘은 셀카봉을 갖고 다니며 혼자 찍지만, 예전엔 옆 사람에게 사진을 찍어달라고 부탁했다. 여행객들은 예나 지금이나 폭포 밑에서 사진 찍기에 여념이 없고, 늘 시끌벅적하다.

폭포 옆 공주굴은 두 사람 정도가 비바람을 피할 정도의 공간이다. 자리를 차지하고 있는 수많은 돌탑은 청평사에 온 연인들이 쌓은 것이리라. 청평사는 공주와 상사뱀의 슬픈 사랑 이야기로 연인들의 성지가 된지 오래다.

평민이었던 한 청년이 공주를 사랑한 나머지 상사병을 앓다 죽었다. 뱀으로 환생한 청년은 공주를 찾아가 칭칭 감고 놓아 주지 않았다. 공주는 뱀을 떼어내기 위해 갖은 의술과 주술을 동원했다. 효과가 없자 기도 영험이 좋다고 알려진 청평사로 향했다. 폭포 근처 동굴에서 하룻밤을 지낸 공주는 새벽녘 청평사 종소리를 듣고 불공을 드리고 오겠노라 뱀에게 약속했다. 공주의 간절한 청을 들어준 뱀은 청평사 앞 바위에 똬리를 틀고서 공주를 기다렸다. 기다려도 오지 않자 공주를 찾아 나선 뱀이 청평사

회전문에 들어선 순간 천둥벼락이 치면서 뱀은 그 자리에서 죽었다. 기도를 마치고 돌아온 공주는 뱀이 죽은 것을 목격하고 정성껏 묻어주었다. 공주는 청평사를 위해 불사를 시작했고, 이를 전해들은 당태종은 금덩어리 세 개를 청평사에 보냈다.

공주를 사랑한 뱀의 이야기는 이루어질 수 없는 사랑을 상징한다. 목숨을 건 뱀의 사랑에 감동해서인지, 아름답고 애틋한 사랑 이야기로 받아들여지고 있다.

견고한 절벽은 천연으로 되었고
아늑한 웅덩이는 정사각형인데
새로 내린 비를 다시 보태어
태화탕을 보글보글 끓여대네
예리함은 산을 뚫고 들어갈 듯하고
요란함은 숲을 흔들어 서늘케 하는데
나그네가 흔히 잘못 지나가곤 하니
숲이 가려 용의 광채 보호하기 때문
鐵壁先天鑄 철벽선천주
銅函一矩方 동함일구방
更添新雨力 경첨신우력
因沸太和湯 인비태화탕
銳欲穿山入 예욕천산입
喧能撼樹涼 훤능감수량
遊人多錯過 유인다착과
叢翳護龍光 총예호용광

다산은 슬픈 상사뱀의 전설을 들려주는 공주굴 옆에서 「와룡담폭포」란 시를 짓는다. 물이 떨어지는 바위절벽은 강철로 주조한 듯 견고하다. 물이 떨어지면서 만든 연못은 푸르다 못해 시퍼렇다. 파란 물감을 풀어놓은 연못은 진짜 용이 살 것 같다. 연못에 용이 산다고 해서 와룡담(臥龍潭)이라고 부르고, 줄여서 용담(龍潭)이라고 한다. 다산은 와룡담으로 적었고, 이곳을 찾은 김창협과 정시한, 그리고 안석경은 용담으로 기록하였다. 폭포 밑에 와룡담, 또는 용담이 있기 때문에 폭포 이름은 와룡담폭포, 또는 용담폭포다.

와룡담폭포

다산이 찾았을 때 마침 봄비가 내렸는지 굵어진 물줄기는 조금의 두려움과 망설임 없이 용담으로 떨어진다. 다산은 직선으로 떨어지는 물줄기가 산을 뚫을 정도로 예리하다고 보았다. 낙하한 물줄기는 물에 닿자마자 하얗게 부서지기도 하지만, 힘찬 것은 물속까지 들어갔다가 올라오면서 부글부글 끓어 오른다. 소리가 얼마나 웅장한지 청평계곡을 뒤흔든다. 장쾌한 폭포지만 환희령을 오르는 나그네는 주의하지 않으면 폭포를 볼 수 없다. 나무가 무성해지는 계절엔 잎 사이로 조금 보일 뿐이다.

환희령 정상에서 내려다보니 와룡담이 눈에 가득하다. 해맑은 아이들은 조약돌을 던지며 물수제비를 만들곤 한다. 와룡도 아이들의 장난에 적응이 됐을까. 깊은 잠에 빠져 잠잠하고, 폭포소리와 아이들의 웃음소리만 바람을 타고 올라온다.

부드럽고 그윽한 아름다움, 서천폭포

김상헌은 청평산을 방문하고 「청평록」을 남긴다. 그 중에 이런 말이 있다. "대개 청평산 골짜기에 있는 천석(泉石)의 아름다움은 대관령 서쪽에서는 비슷한 곳이 없다." 영서지방에서 제일 뛰어나다는 그곳은 어디를 말하는 것일까. 골짜기에서 아름다운 곳을 꼽으라면 아마 대부분 와룡담폭포를 들 것이다. 처음에 그렇게 생각했다. 그러한 생각은 좀처럼 바뀌지 않았다. 와룡담폭포는 장쾌한 아름다움이 있다. 곧바로 떨어지는 물과, 못에 떨어지면서 내는 물소리는 마음을 시원하게 만들고도 남는다. 청평사 앞에 있는 서천은 다른 아름다움을 연출한다.

> 이곳으로부터 서남쪽으로 70보 떨어진 곳이 서천(西川)이다. 서천의 아래쪽에 절구처럼 생긴 연못이 있다. (중략) 대개 산골짜기의 물이 합류하여 이곳으로 흘러온다. 바위를 깎고 돌에 부딪칠 때마다 꺾이면서 물보라를 일으키는데, 빠르게 흐르다 연못에 이르러서 물거품은 둥근 모양을 만들며 잔잔하게 흘러간다. 단풍나무 숲과 버드나무, 괴석과 고목이 양쪽 언덕을 덮으며 가리고 있어 깊고 그윽한 홍취가 있다.

서천폭포

서종화는 「청평산기」에서 서천의 아름다움을 '깊고 그윽한 홍취'로 요약했다. 처음에는 유산기를 읽으면서 서천(西川)의 위치에 대해서 궁금했었다. 유산기마다 서천이 등장하고, 서천을 소재로 시를 짓지 않은 사람이 없었기 때문이다. 서천은 항상 청평팔경에 속하였다. 자료들을 종합해보니 서천은 청평사 앞을 흐르는 계곡이다. 정확하게 말한다면 화장실 위쪽에 있는 계곡 일대를 말한다. 청평사에 들릴 때마다 늘 화장실을 들렸지만, 뒤로 흐르는 계곡에 눈길을 준 적은 없었다. 지금은 공주탕을 소개하는 안내판이 서 있지만 예전에는 아무 것도 없었다. 아니 계곡의 아름다움을 보는 눈이 없었다.

청평산은 크게 두 가지의 이미지로 그릴 수 있다. 외형적으로 뛰어난 경치가 하나이다. 다른 하나는 뛰어난 인물로 기억되는 청평산이다. 경치

서천폭포 가운데 있는 공주탕

는 계곡의 아름다움으로 구체화된다. 김상헌은 청평산의 계곡에 주목하였고, 서종화는 계곡 중 서천의 깊고 그윽한 아름다움을 포착해냈던 것이다.

다산은 청평사를 찾아 여러 편의 시를 짓는다. 그 중 폭포에 관한 시가 네 편이고, '서천폭포'가 하나를 차지한다.

서천의 폭포는 땅을 진동시키고
태을단에선 별에 비를 비는구나
세차게 쏟아지니 천하의 뛰어난 형세요
높은 걸상은 한낮에도 춥구려
용꼬리처럼 구불구불 돌아가니
술그릇엔 탐하는 짐승이 서려 있는 듯
삼백 가닥으로 나뉘어 흐르지만
결국은 하나의 폭포가 된다네

殷地西川瀑 은지서천폭
祈星太乙壇 기성태을단
建瓴天下勢 건령천하세
危榻日中寒 위탑일중한
龍尾螺螄轉 용미라사전
犧尊饕餮蟠 희존도찬반
分流三百道 분류삼백도
究竟一飛湍 구경일비단

태을단은 하늘에 제사를 지내는 곳이다. 서천에는 지금도 기우제를 지내던 터가 남아있다. 서종화는 「청평산기」에서 "대(臺)의 서쪽에는 이 층의 단이 있는데, 고을의 수령이 기우제를 지내는 곳이다. 정성스럽게 기원하면 종종 감응이 있다고 한다."고 증언해준다. 기우제를 지내는 양상은 다양하다. 무당들에 의한 기우 굿이 있는가 하면, 사찰에서 승려들이 주관하는 기우제가 있고, 조정이나 지방관청에서 왕 또는 기관장이 참여하는 유교식 기우제 등이 있다. 자료에 의하면 고을의 수령이 기우제를 지냈다고 한다. 일반적으로 유교식 제의 절차는 기우 축문을 읽으면 되지만, 서천에서는 기우 주술 행위를 했던 것같다.

서천폭포를 잘 묘사한 곳은 경련이다. 서천폭포는 물이 떨어지기 위해서 구불구불하면서 깊게 패인 고랑을 거쳐야 한다. 마치 꿈틀거리는 용을 연상시킨다. 두 가닥 폭포 중 하나는 떨어지면서 바위를 움푹 파서 절구확을 만들었다. 일명 공주탕이라고 하는 곳이다. 공주탕으로 떨어진 물은 빙글빙글 돌다가 아래로 흘러간다.

규모가 작은 것을 보고 이것도 폭포냐며 항변할지도 모르겠다. 바로 서천의 묘미는 보는 사람에게 위압감을 주지 않는 것에 있다. 아기자기한 변화가 있으며, 부드럽고 그윽한 멋이 있다. 이것이 서천의 아름다움이고, 그러한 아름다움이 농축된 곳이 서천폭포다.

청평사에서 이자현을 생각하다

청평산이 전국에 널리 알려진 이유는 경치가 뛰어나서가 아니라, 뛰어난 인물이 거처하였기 때문이다. 박장원(朴長遠, 1612~1671)은 「유청평산기」에서 이렇게 말한다. "춘천의 청평산은 본디 소봉래로 불렸으니 관동 지방에서 일대 명산이다. 그러나 온 나라에서 명성을 떨칠 수 있었던 것은 어찌 단지 산수가 뛰어나고 기이하다는 것 때문이겠는가? 예로부터 널리 알려진 인물들이 머물러 살았다. 고려조에는 이자현이 있고, 이조에는 김시습 같은 이가 있으니, 전기에서 살펴볼 수 있다. 그들의 고결한 기풍과 뛰어난 운치는 지금 듣는 사람들까지도 흥기시킬 만하니, 이는 진실로 다른 산에서는 자주 찾아보기 힘든 일이다." 안석경은 「유청평산기」에서 이렇게 적었다. "청평산은 춘천에 있는데, 뛰어난 경치로써 이름이 났다. 이자현이 거처하고부터 산이 더욱 알려졌다. 뒤에 김시습과 김창흡이 때때로 와서 보곤 차마 떠나지 못하고, 남아 있는 정취를 깊이 느끼어 탄식하며 높이 노래해서 산과 골짜기를 빛냈다. 이에 청평산의 이름을 사람들이 말하게 되었다."

젊은 시절의 이자현은 당시 문벌귀족들의 모습과 크게 다르지 않았다.

명문 집안의 출신으로 과거에 급제하여 가문을 홍성시키기 위한 마음을 갖고 있었고, 소원대로 과거에 급제한다. 당시 권력을 휘두르던 이자겸은 이자현의 사촌 형이었다.

앞길이 보장되어 있던 이자현은 1089년에 갑자기 현실세계를 떠나게 된다. 표면적인 이유는 부인의 죽음 때문이다. 그는 벼슬을 버리고 세상을 피하여 다니다가 임진강에 이르러서 강을 건너면서 스스로 "이제 가면 다시는 서울에 들어가지 아니하리라." 맹세하였다. 예종이 두 번이나 내신들에게 명하여 차와 향과 금으로 수놓은 비단을 특별히 내리시고 대궐에 들어오라고 명하였다. 그러나 강을 건널 때의 결심을 저버리지 않았다. 나중에는 임금의 간절한 마음을 돌이킬 수 없어 남경으로 가긴 했지만. 이자현은 두 번 글을 써서 완곡하게 임금의 요청을 거부한다. 「진정표」 두 편이 『동문선』에 실려 있다.

> 사람들의 편안히 여기는 바를 편안히 여기지 않고, 제 편안함을 편안히 여깁니다. 사람들의 즐거움을 즐거이 여기지 않고, 제 즐거움을 즐거워합니다. 엎드려 바라건대, 성상폐하께서는 천지와 같으신 넓은 도량으로 간절한 정성을 통촉해 주시고 평소의 욕망대로 하도록 해 주소서. 그림자는 산을 나가지 않으면서, 맹세코 일생의 뜻을 마치려 합니다.

사람들이 편안하게 여기는 것을 따르지 않고 내가 편안하게 여기는 것을 편안히 여기겠다는 다짐은 남의 시선을 의식한 삶이 대부분인 현대인들에게도 울림을 준다.

1125년 4월 21일에 문인에게 이르기를, "인생의 목숨이란 덧없는 것이

청평식암

어서 나면 반드시 죽음이 있는 것이니, 부디 슬퍼하지 말고 도에 정신을 두어라."하고 입적하였다. 1089년부터 1125년까지 산에 거주한 것이 37년이었고 나이는 65세였다. 그의 학문은 공부하지 않은 것이 없었으나 불교의 이치를 깊이 연구하였고, 특히 참선을 좋아하였다.

이자현은 산에 있으면서 채소 음식과 누비옷으로 검소하게 생활했고 청정한 것을 낙으로 삼았다. 날마다 선동식암(仙洞息庵)에서 생활하였다. 홀로 앉아서 밤이 깊도록 자지 아니하기도 하였으며, 반석에 앉아서 하루가 지나도록 돌아오지 아니하기도 하였다. 견성암에서 입정하였다가 7일 만에 나오기도 하였다. 일찍이 문인에게 말하기를, "내가 대장경을 다 읽고 여러 서적을 두루 보았으나, 『능엄경』을 제일로 친다. 이는 마음의 근본을 새겨주고 중요한 방법을 발명한 것이다. 선학을 공부하는 사

청평사

람이 이것을 읽는 사람이 없으니, 진실로 한탄할 일이라."하고 제자들에게 이것을 공부하게 하니, 배우는 자들이 점점 많아졌다.

다산은 청평사에서 밤을 보내다가 시를 지었다.

후비의 권세 빙산 같음을 이미 알고
담장이 풍전등화 같음을 미리 헤아려
고위 벼슬 인끈 풀고서 베옷을 걸치고
진기한 음식 버리고 푸성귀만을 먹었네
懸知椒塗氷作山 현지초도빙작산
逆覩蕭牆風滅燭 역도소장풍멸촉
解七貴綬穿麻衣 해칠귀수천마의
吐五侯鯖茹香蔌 토오후청여향속

이자현의 아버지인 이의(李顗)의 자매 셋은 문종의 비였고, 이호(李顥)의 딸은 선종(宣宗)의 비였다. 이자겸의 딸은 예종의 비가 되어서 권력을 농단하였다. 이자현이 젊은 나이에 청평산에 들어온 것은 이와 같은 친척들의 농단을 꺼리어 피하기 위해서이기도 했다. 다산도 이자현의 이와 같은 생각과 행동에 정당한 평가를 하였다. 특히 청빈한 삶의 태도는 무척이나 인상적이었다.

숭산의 소림사에 불자가 된 게 애석하고
청성(靑城)처럼 주역 안 배운 게 한스럽지만
작은 티가 흰 패옥을 다 가리지 못하고
땅벌레를 고니에겐 비할 수 없는 거라오
惜此逃禪少林嵩 석차도선소림숭
恨不談易靑城蜀 한부담이청성촉

微瑕未足掩白珩 미하미족엄백형
壤蟲要難比黃鵠 양충요난비황곡

퇴계 이황은 시에서 "작은 흠을 가지고 흰 패옥을 가리지 말라"며 이자현의 행적을 기린바 있다. 다산도 기본적으로 같은 입장이지만, 이자현이 불교에 빠진 것을 애석하게 여기면서, 유학의 경전인 주역을 배우지 않은 것을 한스럽게 여겼다. 유학자의 입장에서 냉정하게 비판을 내린 것이다. 비록 일민이 되길 꿈꿨지만 어디까지나 유학의 범위 안에서의 일민이었다.

다산은 다음날 청평산을 나와 춘천으로 향하면서 시를 흥얼거렸다.

소 타고 돌길 십리를 돌아나와
등나무 헤치자 신선 세계 열리네
맑은 강 한쪽에 일렁이는 물은
청평산 폭포에서 내려온 물이네
石逕騎牛十里廻 석경기우십리회
壽藤披豁洞天開 수등피활동천개
壽藤披豁洞天開 수등피활동천개
曾作清平瀑布來 증작청평폭포래

쇠락한 마을,
텅 빈 창고

쇠락한 마을, 텅 빈 창고

서오지리
하남면
삼화리
거례리
오탄리
지촌리
사북면
가일리
신포리
말고개
송암리
원평리
모진나루
인람리
고탄리
발산리
문암서원터
지내리
유포리
오월리
용산리
신천리
서장리
율문리
고슴도치섬
신북읍
월송리
신매리
지내리
고산
금산리
동면
장학리
방동리
서면
소양정

문암서원에서 하룻밤 보내다

험한 벼랑에 낸 길을 천(遷)이라고 한다. 신북읍 용산1리와 용산2리를 연결해 주는 길은 북한강변을 따라 벼랑에 걸려 있어서 보통천(普通遷)이라 불렀다. 고형산(高荊山, 1453~1528)이 강원도 관찰사였을 때 개통했다. 다산은 보통천이 시작되는 곳에서 아들을 만나 사창리로 향하기 시작했다.

예전에 벼랑길이 있었음을 알려주는 것이 피암터널이다. 터널 두 곳을 지나니 용왕샘터다. 인근에 있는 서원에서 공부하던 서생들이 마시곤 했다고 안내판이 알려준다. 학식이 높던 선비가 여기서 물을 마신 후 과거에 낙방했다는 전설도 전해진다. 낙방한 사람의 핑계일 것이다. 물 한 모금 마시고 물통에 채우고 문암서원을 향해 길을 나선다. '서원말길'이란 도로명 주소가 목적지에 다 왔음을 알려준다. 마을의 옛 이름은 서원리였다.

한국수력원자력(주) 입구로 들어가니 오래된 벚나무가 길 양옆으로 길게 서 있다. 벚꽃이 만발한 봄에 이곳을 찾곤 했다. 춘천지역의 몇 안 되는 벚꽃 명소여서 벚꽃이 필 때면 늘 몸살을 앓곤 한다. 벚꽃 터널이 끝난 곳에 주차장이 있고, 철조망으로 둘러싸인 운동장에 서원이 있었다.

문암서원은 1612년에 건립되었고, 인조 26년인 1648년에 사액을 받았다. 이후 춘천 지역의 인재를 양성하였는데 1871년에 홍선대원군의 서원 철폐령을 피하지 못하였다. 위패는 뒷산에 묻고 서적은 향교에 헌납해야 했다.

다산은 문암서원에서 하룻밤을 보냈는데 서원에 대한 첫인상에 웃음이 나온다. "서원은 깊은 산중에 있어 평생에 서울 양반을 보지 못하는 터라 자못 분주히 접대하며 존경하는 기색이 있다." 촌사람들이 서울 양반을 깍듯이 모셨단 말은 맞는 것 같다. 재실에 불을 넣어 온돌이 몹시 따뜻하였다. 서원에서 배향하던 분에 대한 기록도 자세하다. "퇴계(退溪) 이황(李滉)을 주벽으로 모셨는데, 선생의 외가가 춘천에 있어 어렸을 때 노닐던 유적이 있어서다. 좌측에는 지퇴당(知退堂) 이정형(李廷馨)을 배향

한국수력원자력(주) 입구

하였으니, 만년에 춘천에 살았기 때문이다. 우측에는 용주(龍洲) 조경(趙絅)을 배향하였으니, 이름난 관리로 문화의 유적이 있기 때문이다. 이튿날 아침에 참배하였다."

다산은 서원에서 하룻밤 자면서 시를 한 수 짓는다.

깊은 산속 공부하는 곳
푸른 강 앞을 돌아 흐르네
재실은 함께 공부할 만한데
선비들 자주 술 갖고 오네
풀은 우거져 돌층계 덮었고
붉은 창문 재처럼 은은하네
어찌하여 산중 스승이 되어
은둔하며 영재 기르고 있나
嶽麓藏修地 악록장수지
滄江繞案回 창강요안회
滄江繞案回 창강요안회
儒以酒頻來 유이주빈래
碧草深堦石 벽초심계석
紅欞隱竈灰 홍령은조회
何由作山長 하유작산장
遯跡育英才 둔적육영재

다산이 서원에 들린 때는 1823년. 무슨 연유인지 모르겠으나 시속에 그려진 서원은 많이 퇴락하였다. 단지 시적 표현일 수도 있지만 조선후기 서원의 모습을 보여주는 것 같기도 하다. 선비들이 자주 술 갖고 온다는 대목은 쉽게 쓸 수 있는 표현이 아니다. 선비가 학문을 하는 방법은 장수유식(藏修游息) 네 가지다. 장(藏)은 마음속으로 항상 학업을 품고 있음을 뜻하고, 수(修)는 닦고 익혀서 폐할 수 없음을 말한다. 유(游)는 놀면서 견문을 넓히는 것을 말하는 것이며, 식(息)은 물러가 쉬면서 학예를 익히는 것을 말한다. 학문을 하는데 어느 때나 잠시의 잊음도 없다는 것이 장수유식인 것이다. 서원은 퇴락했으며 학생은 공부를 하지 않는다. 다산은 더 이상 말을 하지 않는다. 혀 차는 소리가 들리는 듯하다.

물푸레고개를 넘어간다

서원에서 하룻밤을 머문 다산은 다음날 일찍 출발하였다. 비가 오려는 듯 잔뜩 찌푸렸다가 늦게야 개었다. 서원에서 한 굽이를 돌자 동쪽으로는 깊은 계곡이 보인다. 소나무 숲이 울창하고 진달래와 철쭉이 아름다운 골짜기를 물푸레골이라 불렀고, 한자로 표기할 때는 수청곡(水青谷)이라 했다. 다산은 물푸레골에서 인람리로 넘어가는 고개를 침목령(梣木嶺)이라 했는데, 침목은 물푸레나무다. 다산은 침목령을 무파래고개(巫巴來古介)라고도 적었는데 물푸레를 음차한 것이다.

고개를 내려가자마자 다산을 맞은 것은 침목천(梣木遷)이다. 까마득하게 강물이 내려다보이는 것이 마치 기락각(幾落閣)과 같이 위태로웠다고 적는다. 기락각은 청평사 가는 길에 통과했던 소양댐 부근에 있었던 벼랑길이다. 침목천도 무척이나 위험했던 것 같다. 다행스럽게도 다산이 지나기 전에 예조 판서가 지나가게 되자 평평하게 길을 잘 닦았다. 침목천은 수정천(水晶遷)이라 기록된 곳도 있는데 수청(水青)이 변주된 것이다.

다산은 침목령을 넘으면서 시를 짓는다.

고갯길 빙빙 도니 가도 되돌아오는 듯하고
꼭대기 벌린 암혈 부는 바람 맞이하네
대나무 마디 같은 여울 근심스레 내려보니
금강산 만폭동처럼 요란하게 물소리 내네
嶺路盤紆往似迴 영로반우왕사회
上頭呀穴受風來 상두하혈수풍래
愁臨竹節層層瀨 수임죽절층층뢰
猶作金山萬瀑硙 유작금산만폭회

한국수력원자력(주) 정문에서 화천 방향으로 가다가 삼거리에서 용화산쪽으로 걸음을 옮긴다. 바로 시작되는 고개는 완만한 경사의 직선 길이다. 예전에는 양 창자처럼 구불구불했었으나 한번 구부러지자 바로 고개 정상이다. 고갯마루에 서니 춘천댐이 만든 호수가 산 사이에 가득하다.

인람리 호수

지나가는 사람을 떨게 했던 벼랑길은 물 속에 잠기고 새로 뚫은 아스팔트 길은 산 허리를 질러 달린다. 벼랑길 아래는 여울의 연속이었던 것 같다. 대나무 마디처럼 이어진 여울은 깊은 산속을 울리며 내달렸고, 벼랑길의 나그네는 근심스레 땀을 흘려야 했다.

10리쯤 가자 인람리다. 전상국은 이 마을을 무대로, 전쟁을 겪은 사람들의 수난사를 통해 다친 상처를 아물게 하는 방법을 모색한 '아베의 가족'을 지었다. 예전에 화천으로 가다가 말을 갈아타는 인람역이 있었다. 지금은 춘천댐으로 인하여 대부분 물에 잠기고 몇 채만 남아 있다. 인람리를 지나 한 굽이를 돌며 강물 서쪽 산부리를 보니 정자가 보인다. 절도사 이천로(李天老)의 별장인 지암정(芝巖亭)이다. 다산은 지암정을 지나며 시를 남긴다.

푸른 물가에 지암정 세웠으니
남전에 은거하듯 만년의 계획 깊었네
지금도 말한다네 청평산 아랫길로
황소 타고 옛 소나무숲 지나간 일을
芝巖亭子碧溪潯 지암정자벽계심
屛跡藍田晩計深 병적남전만계심
尙說淸平山下路 상설청평산하노
黃牛叱過古松林 황우질과고송림

진시황의 학정을 피하여 남전산(藍田山)에 은거해 살던 네 명의 노인이 있었다. 이들은 모두 하얀 눈썹과 수염을 하고 있어서 상산사호(商山四皓)라 불렀다. 이천로의 별장인 지암정을 보면서 다산은 벼슬을 관두고 깊은 산속 물가에서 은거하려는 정자 주인의 마음을 떠올린다. 그러자 다시 고려전기로 거슬러 올라간다. 청평산은 고려조의 이자현(李資玄)이 은거한 곳이다. 그는 벼슬길에 올랐으나 현실세계를 떠나 청평사에 은거하면서 검소하고 절제하며 청정한 것을 낙으로 삼았다. 후에 이황은 '이자현처럼 명성과 부귀를 신을 벗듯 떨치고 화려한 생활에서 빠져나와 원망하거나 뉘우침이 없이 끝까지 변하지 않은 자는 절대로 없거나 아주 드물 것이니, 역시 높일 만하지 않겠는가'라며 시를 짓고 이자현을 기렸다. 이천로도 이자현과 같은 삶을 동경했던 것이다.

송암리를 경유해 고개를 넘으면 인람리다. 마을로 내려가니 호수만 보인다. 춘천댐이 건설되면서 집과 땅이 물에 잠기자, 마을 사람들은 고향을 떠나 대처로 가거나 마을 뒤 산기슭을 일구게 되었다. 밭에서 일하는 아저씨께 예전 마을에 대해서 물어보니 호수 한가운데를 가리킨다. 큰 마을이 저 물밑에 있었다고 한다. 호수 건너편을 보니 오월교 위로 차가 달린다. 화천으로 향하는 사람들은 이제 인람리를 경유하지 않는다. 역이 수몰되면서 화천으로 연결되던 길은 이제 끊어졌다. 건너편 지암정의 흔적도 사라져버렸다.

강헌규(姜獻奎)는 「유금강산록」에서 "인람역에서 잠시 쉬었다. 푸른 물이 마을을 감싸 안고 흐르고, 검푸른 절벽이 마을 앞을 에워싸고 있으며, 높은 봉우리가 빙 둘러 솟아 있으니 농사를 지으며 살아 갈 수 있다. '매번 산수가 빼어난 곳을 만나면 반드시 살고 싶은 마음이 생겨난다'고 했던 왕양명의 말이 여기에 걸맞다"라고 했다. 원주민은 떠나고 빼어난 풍경에 마음을 뺏긴 외지인들이 하나 둘 들어와 정착하고 있다.

모진나루를 건너며

다산은 북한강이 원평리의 말고개 남쪽을 지나면서 모진강이 된다고 보았다. 춘천 일대를 흐르는 북한강 물줄기의 다른 이름인데, 춘천과 화천의 경계 지점부터 시작되어 중도 밑에서 소양강을 만나면서 신연강이 된다. 예전에 육로를 이용해 북쪽으로 가는 나그네들과 북쪽에서 남으로 길을 재촉하는 사람들은 모진나루터에서 배를 기다려야만 했다. 모진나루는 춘천의 북쪽 관문이었다. 나루가 있던 모진강은 춘천댐이 들어서자 호수가 되면서 옛이름이 되었다.

고려말기에 원천석은 배를 건너며 시를 남겼고, 이후 모진나루를 지나는 사람들이 남긴 한시가 20여 편이 넘는다. 매월당 김시습도 모진나루에서 배를 타고 건너며 시를 지었다.

> 무진에서 닻줄을 막 푸니 / 버드나무에 저녁 밀물 찰랑거리고 /
> 미한 모래벌판 멀리 보이는데 / 아득히 안개 낀 나무 나란히 있네 /
> 한가한 물새는 물가에 흩어져 쉬고 / 밝은 달은 배와 함께 흐르니 /
> 아득한 물과 구름 밖으로 / 내 한 몸 가볍게 돌아가네

김시습은 한때 사창리에서 머물렀는데, 이 시는 그가 사창리에 머물렀다는 사실을 알려주는 자료다. 춘천에서 화천으로 가는 도중에 있는 모진나루를 경유한 이유는 사창리를 빼면 이해하기 힘들다. 이 시는 '봄철을 이용해 산에서 나와 옛 친구를 찾아 서울로 가는 도중의 경치를 기록'한 여러 시 중 하나다. 그렇다면 사창리에서 춘천을 경유해서 서울로 향하는 도중에 지은 시일 가능성이 높다. 친구를 만나러 가는 길이어서일까? 시는 맑고 경쾌하다. 대부분의 시들이 우수에 젖어 있는 것과 다르다. '이 한 몸 가볍게 돌아가네'란 시구는 그래서 반갑다.

다산도 모진나루에서 시를 짓는다.

모진나루 어구는 바로 원당(員塘)
사공은 삿대 들고 손님맞이 바쁘네
바라보니 인가는 산마루에 있어
풍경이 봉명방(鳳鳴坊)과 흡사하네
牟津渡口是員塘 모진도구시원당
小豎撐篙接客忙 소수탱고접객망
試看人煙依絶巘 시간인연의절헌
風謠恰似鳳鳴坊 풍요흡사봉명방

다산은 인람리에서 5리를 더 가서 모진나루에 도착했다. 나루를 건너면 원당리다. 지금은 마평리와 합해져 원평리가 되었다. 북쪽으로 산마루를 바라보니 그 위에 조그마한 촌락이 보인다. 마을이 모두 산마루에 있던 곡산(谷山)의 봉명방(鳳鳴坊)이 생각났다.

일제강점기인 1930년대 초에 모진나루에 모진교가 건설된다. 총독부가 조선을 효율적으로 통치하기 위한 다리는 1950년에 다시 등장한다. 모진교는 화천과 춘천을 잇는 다리로 38선 남쪽 300m에 자리 잡은 폭 4m, 길이 250m의 다리였다. 화천과 춘천을 연결하는 도로의 중앙에 자리 잡은 요지였기 때문에, 북한군이 도발할 경우 모진교를 거쳐야 춘천에 진입할 수 있었다. 그해 6월 25일 오전에 북한군은 모진교를 건넜다. 이후 모진교는 춘천댐이 1965년에 완공되면서 물에 잠기게 되었다

춘천댐을 지나 화천으로 향하는 길은 오른쪽으로 호수를 끼고 있다. 이리저리 곡선 길을 따라 달리다보면 38선을 알리는 비석이 길 옆에 서 있다. 화천으로 가는 길에서 살짝 이탈하여 산 밑으로 난 길을 따라가면 원당리다. 마을로 가기 전에 오른쪽으로 호수가 넓게 펼쳐진다. 주변은 낚시터가 차지하게 되었다.

화천 사창리로 향하는 다산의 발걸음은 바쁘다. 곡운구곡을 눈으로 확인해보고 싶었다. 모진나루를 건넌 후 말고개를 넘기 위해 발걸음을 재촉했다.

모진나루

이랴이랴 넓은 논에서 소를 모는구나

모진나루를 건넌 다산은 말고개를 넘었다. 터널이 뚫리기 전엔 터널 위 고개를 넘어야 했다. 말고개는 위도 38도에 해당되기 때문에 전쟁 전 경계선이었다. 고개 입구에 38선을 알려주는 조형물이 숙연하게 서 있다. 제법 높은 고개 정상엔 만일의 사태에 대비한 군사용 방어 시설이 양 옆에 설치되어 있다. 고개를 넘자 길 양 옆으로 부대가 즐비하게 들어섰고, 보초서는 군인과 군용 차량이 쉽게 눈에 뜨인다.

신포리 앞은 춘천댐으로 인해 호수가 되었다. 수몰 전엔 비행장이 있을 정도로 큰 마을이었다. 마을 분은 화천읍보다 더 컸었다고 회고한다. 이젠 겨울에 빙어 낚시꾼들이 찾는 곳으로 변했다. 신포리는 원평리를 거쳐 호수를 따라 올 수도 있다. 신포리 옆 마을은 서오지리였으나 1914년에 행정구역 폐합에 따라 지촌리가 되었다. 서오지상촌과 서오지외촌은 지촌리에 편입되고, 서오지내촌은 화천군 하남면 서오지리가 되었다. 다산은 말고개를 넘은 후 5리를 걸어 서오촌(鉏鋙村)에 이르렀다고 했는데, 바로 지금의 지촌리에 닿은 것이다. 서오촌을 지나면서 시를 짓는다.

지촌리 낚시터

서오지리 연꽃

삐죽삐죽 솟은 바위 문득 열리니
넓은 진흙 논 시내 끼고 도는데
이랴이랴 소 몰며 물 든 논 가느라
산으로 화전 불 놓으러 가지 않네
矗石嵒磝忽打開 촉석암오홀타개
塗泥萬畱來溪回 도니만례래계회
鳴犁札札耕春水 명리찰찰경춘수
不向峯頭放火來 불향봉두방화래

신포리를 지나 창바위를 지나면 넓은 들판이 펼쳐진다. 특히 챙벌은 이 일대에서 보기 드는 벌판이다. 예전에는 수몰되기 전이었으므로 훨씬 더 넓은 농토가 장관이었으나 논이었던 곳은 호수가 되어 좌대만이 한가롭게 흔들거릴 뿐이다. 봄을 맞아 논을 가느라 소를 부리는 소리가 가득한 마을을 다산은 지나갔다.

옛 이름을 이어받은 서오지리는 이름과 관련된 전설을 들려준다. 옛날 3명의 노인이 이 곳에 정착하여 개척생활을 하던 중 7월경 냇가에 놀러 갔다가 호미로 약초를 캤다. 당시 마을 이름이 없어 세 노인이 의논하던 끝에 약초를 캔 노인이 자신(吾)이 호미(鋤)로 지초(芝)를 캤다 하여 서오지(鋤吾芝)라 칭하게 되었다고 한다. 이름 때문인지 서오지리에서 연꽃단지를 만날 수 있다. 넓은 연꽃단지에 가시연, 순채, 어리연 등 300여종의 다양한 연꽃들이 자란다.

지촌리에 있는 현지사를 끼고 내려가면 들판을 통과한 길은 다리와 연결된다. 다리를 건너면 서오지리 연꽃단지다. 연꽃마을이 생기기 전에는 늪지대였다. 물이 고이고 썩어 물고기가 떼죽음을 당하는 늪을 정화시키기 위해 2005년부터 연을 심기 시작하여 다양한 연꽃들이 수놓게 되면서 비로소 이름에 어울리는 마을이 되었다.

배꽃 하얗게 피던 배울을 지나다

화천으로 향하던 야트막한 고갯길은 지촌상회를 가운데 두고 사창리로 가는 길과 화천읍으로 향하는 길로 갈라진다. 화천으로 향하는 길을 따라 내려가니 고개가 끝나는 곳에서 조그만 길이 왼쪽 골짜기로 연결된다. 도로명 표지판을 보니 '배울길'이다. 입구에 서니 길은 도랑을 따라 구불구불 이어진다. 오른쪽으로 몇 채의 집이 골짜기를 지키고 있다.

예전에 이곳은 봄이 되면 배나무 꽃으로 온통 하얀 세상이었다. 마치 구름이 낀 듯 했다. 배나무가 유명하여 '배울'이라 불렀고, 한자로 '이곡(梨谷)'이라 하였다. 동네 분들은 아직도 이곳을 배울이라고 부르며 도로명에 남게 되었다.

배울길 안내 표지판

김수증(金壽增, 1624~1701)은 평강 현감에 임명되어 평강으로 가다가 지촌리를 지나게 되었다. 곡운의 경치가 뛰어나다는 것을 들었으나 공무 때문에 가볼 수 없었다. 현종 11년인 1670년 3월에 배울을 지나 화천군 사내면 용담1리에 도착하여 땅을 마련하고 집을 짓기 시작했다.

> 배꽃 가득한 입구에 작은 내 흐르고
> 입에서 녹는 특산품 여러 줄 있으며
> 길가 찔레꽃 눈앞에 가득한데
> 산들바람 술통 스치자 향기가 나네
> 梨雲谷口小溪長 이운곡구소계장
> 絶品含消立數行 절품함소립수행
> 一路蒺藜花滿眼 일로질려화만안
> 細風吹撲酒槽香 세풍취박주조향

오탄리 배울마을 〈지촌상회〉

다산이 지촌리를 거쳐 이곡(梨谷)을 지날 때 마을은 몹시 밝아 보였다. 유명한 배나무 1백여 주가 만발하였기 때문이다. 여기서 생산되는 배는 얼마나 향기롭고 물이 많은지 한 입 베어 물면 입안에서 파도가 칠 정도였다. 유명한 함소리(含消梨)였다. 『낙양가람기(洛陽伽藍記)』에 의하면 보덕사 주위에 과수원이 있어 진기한 과일들이 나오는데, 그중 대곡(大谷)의 함소리는 무게가 10근이나 나갔다. 땅에 떨어지기만 하면 전부 물이 되어 버릴 정도였다. 서거정(徐居正)은 "향기로운 배 살지고 부드러운 것이 함소리이니, 한입 씹으니 혀 밑에 파도가 이는 것을 알겠네"라고 노래할 정도였다.

당시만 해도 이 지역의 특산품이었던 배는 사라진지 오래다. 나무도 없을 뿐만 아니라 배가 유명했다는 것을 아는 분도 없다. 도랑 옆 길가에 찔레나무가 봄이면 하얀 꽃을 피웠지만 찔레마저도 찾을 길 없다.

농간질 누가 알 것인가

'배울'을 통과한 길은 폐교가 된 오탄초등학교 운동장을 지나간다. 정원에 세워진 독서하는 소녀상은 잡초 사이에서 쓸쓸히 책을 읽고, 이승복 동상은 책보를 옆에 끼고 망연히 먼 산을 쳐다보고 있다. 학생들이 재잘거렸을 운동장은 잡초들 세상이 되었다.

오탄리에서 『목민심서』를 읽어야 한다. "흉년에 기근을 구제하는 정책은 선왕(先王)이 마음을 다하던 바이니, 목민(牧民)의 재능을 여기에서 볼 수 있다. 흉년에 기근을 구제하는 정책이 잘 되어야 목민관이 해야 할 중요한 일이 끝나는 것이다." 흉년에 굶주리는 백성을 구호하는데 필요한 정책을 적은 내용에서 제일 처음 나오는 문장이다. 당시에 백성들을 굶주리지 않게 하는 것이 얼마나 중요한 지를 보여주는 대목이다. 이런 구절도 보인다. "진황에 두 가지 관점이 있으니, 첫째는 시기에 맞추는 것이요, 둘째는 규모가 있는 것이다. 불에 타는 것을 구제하고 물에 빠진 사람을 건지는 데 어찌 기회를 소홀히 할 수 있겠으며, 대중을 부리고 물(物)을 균평하게 하는 데 어찌 그 규모가 없을 수 있겠는가."

쇠락한 마을 작은 창고라 황량한데
모 심는 시절이라 으레 양식 분배하네
하늘에 가득한 농간질 뉘 능히 알리오
도호당에선 큰 등잔불 아래 춤추는구나
小廥殘村氣色涼 소괴잔촌기색량
挿秧時節例頒糧 삽앙시절예반양
彌天蕭氣誰能辨 미천소기수능변
都護堂中舞檠長 도호당중무경장

오탄리

다산은 오탄리에 있는 사외창(史外倉)에 도착하여 점심을 먹었다. 이날 마침 관에서 양식을 방출하자 수십여 명의 백성들이 모여들었다. 이러한 광경을 보고 다산은 창고의 곡식이 많이 축나 허위로 양식을 방출하고 그 결점을 미봉하려는 것을 알아차렸다. 그는 잠깐 쉬다가 시를 지었다.

다시 『목민심서』를 꺼내 읽었다. "파진연(罷賑宴)이란 큰일을 이미 끝마치고 나서 수고한 자들을 위로하는 것이고, 경사스럽고 기쁜 일이 아니다. 한 잔 술과 한 접시 고기로 여러 사람의 노고를 위로하여 대접할 뿐이다. 죽은 자가 만 명이나 되는데 시체를 묻지 못하고, 살아 있는 자는 병에 걸려 신음하는 소리가 끊이지 않으며, 굶주린 창자가 보리밥에 갑자기 배가 불러서 새로 죽는 자가 또한 많다. 이때가 어느 때이기에 서로 함께 즐기겠는가. 내가 보건대, 큰 흉년 뒤에 관에서 이 잔치를 베풀면, 백성들이 그 음악 소리를 듣고 모두 탄식하고 눈물 흘리며 성낸 눈으로 밉게 보지 않는 자가 없다. 춤과 음악을 절대로 써서는 안 된다. 목민관이 조금이라도 생각이 있다면 어찌 이런 일을 하겠는가." 오탄리는 춘천도호부에 속하였으니 춘천도호부에선 양식을 방출한 후 불 아래 춤을 출 것이 뻔하다. 춘천 소양정에 올라 호화로운 잔치를 보고 황폐해진 정치를 듣고 가슴아파했던 다산은 오탄리에서 또 시대를 아파해야했다.

마을 정상에서 길을 따라 내려가다가 예전에 사창리를 가기 위해 넘나들던 하우고개로 향한다. 농로를 따라 가다가 마을 분께 창고터를 물어보니 고개 입구에서 조금 떨어진 밭을 가리킨다. 무기 창고가 있어서 외창(外倉)이라 부른다고 알려준다. 밭둑을 따라 가니 밭 여기저기에 기와조각이 널려 있다. 기와조각을 집고 이리저리 살펴보는데 다산의 아픔이 전해져온다.

9

선경 속에서 유람하다

선경 속에서 유람하다

계성리
사창리
사내면
첩석대
(9곡)
용담리
서오지리
원천리
하남면
오탄리
지촌리
삼일리
사북면
신포리
원평리

하우고개를 넘어서

신작로가 뚫리기 전에 오탄리와 사창리를 연결해주던 길은 하우고개였다. 주민들은 하우고개라고 하지만 기록할 때는 조금씩 달랐다. 김수증은 1670년 3월에 오리곡(梧里谷; 오탄리)을 경유하여 학현(鶴峴)을 넘었다고 「곡운기」에 적었다. 정약용은 오탄리에서 12시경이 되어서야 출발해 늙은 암소를 타고 화우령(畵牛嶺)을 넘었노라고 『산행일기』에 기록하였다.

오탄슈퍼 옆에 서 있는 장승 몸에 '하우고개길'이 새겨져 있다. 장승 뒤 오탄교회 옆을 지난 길은 축사를 옆에 끼고 돌며 고개 정상으로 이어진다. 또 다른 길이 있다. 오탄수퍼에서 큰길을 따라 사창리쪽으로 내려가다가 고개로 연결되는 길이 있는데, 이 길이 예전에 주로 다니던 길이었다.

다산은 하우고개를 넘으며 시를 한 수 남긴다.

숲과 풀 어우러져 분별할 수 없는데
지팡이 위 고개에 또 구름 비껴있네
문득 도홍경(陶弘景) 생각하게 하니
새장보다 무성한 풀 좋아한 걸 알겠네

疊綠稠青漭不分 첩록조청망불분
杖頭一嶺又橫雲 장두일령우횡운
令人却憶陶弘景 령인각억도홍경
豐草金籠識所欣 풍초금롱식소흔

풀 무성한 고개 길을 오르던 다산은 한숨 돌리기 위해 발을 멈췄다. 자신이 짚고 있는 지팡이를 보니 그 위로 고개 마루에 구름이 걸려있는 것이 아닌가. 구름 사이로 문득 중국 남조 시기의 도홍경(陶弘景)이 보인다. 그는 산속에 무엇이 있기에 조정으로 오지 않느냐는 부름에 이렇게 대답한다. "산속에 무엇이 있는가 / 산마루에는 구름만 많다네 / 그러나 스스로 즐기기만 할 뿐 / 보내드릴 수는 없다네"

도홍경은 양나라 무제의 친구이면서, 당시 유명한 도교 사상가였다. 젊은 나이로 궁중에 들어가 황제의 자녀들을 가르치기도 했으나, 492년에

하우고개 정상

구곡산(九曲山)으로 들어가 칩거하면서 도교를 연구하고 실천하는 생활에 열중했다. 도홍경은 4세기에 도교 사상가들이 쓴 서적들을 편집하고 주석을 붙인 것이 업적으로 평가받는다.

고개 마루의 흰 구름 속에서 다산은 금빛 도금한 새장과 같은 서울보다 잡초 무성한 산속이 좋다던 도홍경의 마음을 이해하게 되었다. 아마 1670년에 하우고개를 넘던 김수증도 도홍경과 같은 심사였으리라.

고개 마루를 커다란 나무가 지키고 있다. 나무 아래에 길은 세 갈래다. 윗길은 산으로 올라가는 임도다. 아랫길은 밭으로 간다. 가운데 길이 우레골로 연결되는 고갯길이다. 우레골로 향하면서 도홍경의 책에 실려 있는 구절이 떠올렸다. "건강하게 사는 길은 마음을 지나치게 번거롭게 하지 않는 데 있다. 의관, 음식, 아름다운 소리, 여색, 승리를 지나치게 신경 쓰지 않으며, (중략) 늘 신체를 움직여 심호흡을 하고 고요히 앉아 정신을 기르는 데 있다" 그의 가르침은 21세기에도 유효하다.

만월고개를 넘으며

하우고개를 넘으면서 서쪽을 바라보니, 산봉우리는 첩첩하고 안개와 아지랑이 낀 산이 짙푸르다. 고개를 넘고 개울을 건넜다. 몇 리를 더 가서 십감촌(十甘村) 앞에 이르렀다. 대추나무골로 알려진 오탄2리의 서쪽을 '열개미'라고 부르는데, 다산은 십감촌이라 기록한 것이다. 절벽 위에 우뚝한 소나무가 나란히 섰고, 굽이치는 냇물을 내려다보니 맑은 물빛에 눈

만월고개

이 부신다. 산모퉁이를 돌아 서쪽 산기슭을 보니 바위 절벽이 깎아 세운 듯하고 물은 하얗게 부서지며 떨어진다. 대단한 경관이다.

다산이 목격한 폭포는 어디에 있을까? 주변 사람들에게 물어봐도 시원하게 대답해주는 사람이 없다. 눈이 뚫어져라 지도를 바라보아도 오리무중이고, 오탄리를 찾아가 봐도 쉽게 모습을 드러내지 않는다. 겨울 내내 폭포의 위치에 대해 궁금해 하다가 우연히 이항로(李恒老, 1792~1868)의 시를 읽게 되었다. 그는 화서학파를 형성하여 한말 위정척사론과 의병항쟁의 사상적 기초를 다져놓은 것으로 유명하다. 1843년 가을에 곡운을 향해 가다가 곡운 초입에서 폭포를 보고 말에서 내려 시를 읊조렸다.

> 곡운구곡의 계곡이 어떠한지
> 처음 1곡을 헤아리지도 않았는데
> 말에서 내려 기이함에 탄성하니
> 남전(藍田)엔 버릴 옥이 없구나
> 如何谷雲溪 여하곡운계
> 不數初一曲 불수초일곡
> 下馬便叫奇 하마편규기
> 藍田無棄玉 람전무기옥

중국 남전현(藍田縣)은 아름다운 옥의 생산지로 유명하다. 삼국시대 오나라의 손권이 제갈각의 뛰어난 재주를 기특하게 여겨 그의 아버지에게 말하기를, "남전이 옥을 낳는다더니, 참으로 빈말이 아니로다"라고 했다. 유명한 집안에 어진 자제가 나는 것을 비유하여 '남전생옥(藍田生玉)' 또는 '남전출옥(藍田出玉)'이라고 쓴다. 남전이 아름다운 옥만을 생산하듯 곡운 일대는 아름다운 경치만을 품고 있는데, 곡운구곡 뿐만 아니라 곡운

오탕폭포

초입도 남전이 아닌가. 곡운구곡 중 1곡인 방화계에 미치지도 않았는데 벌써 뛰어난 폭포가 탄성을 지르게 한다.

마을 사람들은 이곳을 '오탕폭포'라고 부른다. 세어 보니 조그마한 폭포 네 개와 큰 폭포 하나다. 오밀조밀한 폭포는 온화한 아름다움을 보여준다. 폭포 옆 바위 틈새로 돌단풍이 고개를 내민다. 마음이 평온해진다. 그런데 맨 아래 폭포에서 반전이 일어난다. 십 여 미터 아래로 웅장하게 낙하하며 장쾌한 아름다움을 연출한다. 오탕폭포는 여러 개의 폭포가 상반된 아름다움을 보여준다.

폭포를 지나 곡운을 향하던 다산은 또 고개를 넘게 된다. 산모퉁이를 돌아 산령(蒜嶺)을 만났는데, 고개의 형세가 몹시 험준하고 산봉우리가 마치 꽃잎처럼 생겼다. 고갯마루에 오르니 좌우의 산세는 마치 개 이빨처럼 파고들며 옷깃이 교차하는 것 같다. 산이 빈틈없이 빼곡하다. 산령(蒜嶺)은 마늘고개를 한자로 표현한 것이고, 요즘은 '만월고개'로 부른다. 마늘고개를 넘으면서 시를 한 수 남긴다.

> 한 겹 산에 또 한 겹 산 포개서
> 선계를 위해 철문을 튼튼히 했네
> 정신 차려 이곳을 지나긴 하지만
> 어떻게 돌아갈지 까마득하네
> 一重山合一重山 일중산합일중산
> 天爲仙區壯鐵關 천위선구장철관
> 只以銳心過此去 지이예심과차거
> 不知何計得回還 부지하계득회환

다산은 첩첩 산들을 요새나 국경에 세운 관문으로 보았다. 관문 안쪽은 신선들이 사는 세상인 선계(仙界)라 여겼다. 욕망에 사로잡힌 속세 사람들이 쉽게 범접할 수 없는 곳이다. 그래서 '속된 눈으로 외람되이 산 보는 걸 미워하여[生憎俗眼猥着山]'라 하였다. 마늘고개를 넘으면서 마음을 정갈하게 해야 한다. 나중에 다시 범속한 세계에서 웃고 화내고 싸울지라도 곡운구곡에서는 신선처럼 생각하고 행동해야 한다.

곡운구곡 입구에 서다

마늘고개의 흔적은 이곳저곳에 남아 있다. 토끼길이 아니라 제법 넓다. 군데군데 물에 쓸려나갔으며, 낙엽과 쓰러진 나무가 길을 덮고 있지만 한눈에 넓은 길이었음을 알아차릴 수 있다. 고갯길은 '놀미 마을'로 가는 진입로와 연결된다. 계곡 안에 있는 놀미 마을엔 한창 때 160여 가구가 있었다. 큰길로 내려가자 곡운구곡의 하류가 펼쳐진다. 높은 산 깊은 골이 시야에 가득하다. 곡운구곡의 1곡을 가려면 아직 멀었지만, 만월고개 아래로 깊이 흐르는 계곡부터 곡운구곡은 이미 시작된다.

다산은 마늘고개에서 내려와 곡운구곡 입구에 섰다.

산에 들면서 굽이굽이 맑으니
뛰어난 경치지만 이름이 없네
속진에 막힌 심장 깨끗이 씻고
꾀꼬리 소리로 귀를 치료하네
自入山來曲曲淸 자입산래곡곡청
不勝名矣盡無名 불승명의진무명
塵脾俗肺澄淘了 진비속폐징도료
又聽黃鸝砭耳聲 우청황려폄이성

하우고개가 신선의 세계로 들어가는 첫 번째 관문이라면 마늘고개는 두 번째 관문이다. 이곳이 다른 지역에 있으면 그만의 이름을 가질 수 있을 것이다. 그러나 여기는 온통 뛰어난 경치여서 별다른 이름이 없다. 두 개의 관문을 지나노라니 속세에 찌들었던 몸은 어느새 깨끗하게 씻어진다. 욕망의 병은 자연스럽게 치유가 된다. 절경을 눈으로 보자 치유가 되고, 새소리 바람소리를 듣자 또 깨끗하게 치유가 된다.

시 한 편으론 부족했는지 또 한 수 짓는다.

바람 부는 고개 곧추 세워 지나가니
높은 봉우리 이마 누르듯 비껴 있고
시냇가엔 곰이 꺾은 나무 누웠으며
길가엔 사슴이 씹던 꽃잎 떨어졌네

곡운구곡 입구

고생스런 곳이나 정신 맑게 하고
하늘의 조화에 자주 감탄하네
여기부터 광달(曠達)한 선비는
늙어 죽도록 집 생각 아니하네
風磴攖身度 풍등송신도
危峯壓頂斜 위봉압정사
溪橫熊折木 계횡웅절목
徑落鹿銜花 경락록함화
苦境生淸想 고경생청상
天工發絫嗟 천공발류차
由來曠達士 유래광달사
終老不懷家 종노불회가

춘천에서 사창리로 향하던 이하곤(李夏坤, 1677~1724)은 「동유록(東遊錄)」에서 호랑이가 무서워 일찍 출발할 수 없었고, 한낮이 되어서 사창리로 향했다고 할 정도로 사창리로 가는 길은 깊고 험하다. 곰이 먹이를 얻기 위해 부러뜨린 나무가 보이고, 사슴이 먹던 풀과 꽃잎이 여기저기에 나뒹군다. 깊은 산속이 본격적으로 시작되는 곳이 마늘고개 아래다. 김구(金構, 1649~1704)의 「동행일기(東行日記)」에 사창리로 가는 길의 험난함이 자세하다. "큰 시내의 상류로 향했다. 양쪽 기슭은 깎아지른 듯 서 있 수없이 돌고 돈다. 시냇가 석벽을 따라 길이 나있다. 어떤 곳은 문턱처럼 솟아있고, 어떤 곳은 허방다리처럼 꺼졌다. 묶은 것처럼 좁아 몸을 옆으로 해야 통과할 수 있다. 좁은 것은 한 척도 안 되어 발을 포개서 간다. 어떤 곳은 깎은 듯이 평평하고 매끄러워 손으로 잡고 오를 수 없어서 뚫어서 계단을 만들었다. 어떤 곳은 기울어져 넘어지기 쉽다. 아래로 깊은 계곡에 임하여 나무를 묶어서 고여 놓았다. 20여리를 가는데 험악한 것이

한결같다." 비록 길이 험하여 고생스럽지만 뛰어난 경치에 발을 옮길 때마다 감탄을 하게 된다. 어느새 가슴은 탁 트이고 달관한 경지에 도달한 광달(曠達)한 사람이 되었다.

광달은 대개 물외(物外)에서 초연하여 세상과 아무런 다툼도 벌이지 않고 살고자 하는 심리 상태를 나타내는 말이다. 다산은 중국의 예원진처럼 배를 타고 유유자적 살고 싶었다. 세상에 나가 벼슬하지 않고 살고 싶은 다산의 마음 상태를 광달로 이해할 수 있다. 다산은 곡운구곡 입구에서 광달한 선비가 되어 속세로 다시 가고 싶은 생각을 까맣게 잊었다.

꽃들의 웃음판 방화계

사창리로 가는 길은 계곡을 옆에 끼고 왼쪽으로 크게 돈 후, 다시 오른쪽으로 더 크게 돈다. 시내를 따라 돌과 숲 속을 뚫고 가니 돌은 울묵줄묵하고, 이어진 봉우리가 하늘을 가린다. 길은 다한듯하다가 다시 이어진다. 10여리를 걸은 것 같다. 바위 사이로 빠져나가던 물이 이리저리 부딪힐 때마다 하얗게 계곡을 흔든다. 물은 바삐 흐르는데, 한가로운 철쭉은 바위에 물감을 풀은 듯 붉다. 마을 사람들은 이곳을 소복삽(小幞揷)이라 불렀다. 그러나 김수증은 붉은 철쭉에 마음을 뺏겨 방화계(傍花溪)라 부르고, 아홉 곳의 승경 중 첫 번째로 삼았다. 이하곤은 『두타초』에서 계곡이 시작하는 곳부터 끝나는 곳까지 철쭉이 흐드러지게 피어 붉은 비단으로 병풍을 친 것 같다고 감탄하였다.

사창리에서 오면 방화계는 영귀연 아래에 있다. 악곡을 연주할 때 마지막 부분인 셈이다. 반대로 춘천 쪽에서 오는 사람들은 악곡의 시작이다. 북쪽 언덕에 있는 너럭바위에 수백 명이 앉을 수 있을 것 같다. 아래에 있는 크고 흰 반석도 수백 명이 앉을 만하다. 북쪽이나 남쪽이나 모두 단풍숲이고 암벽이다. 시냇물이 달리자 천둥소리가 일어나고 하얀 물이 용솟음친다. 방화계는 급한 여울과 경사가 완만한 폭포 세 개로 이루어져 공포를 느끼게 하고 탄성을 지르게 한다.

중국 진나라 때 도연명이 지은 「도화원기」는 유토피아를 그린 작품으로 유명하다. 노자의 소국과민(小國寡民) 사상을 배경으로 한 이 작품은 이후 문학 · 예술 등에 큰 영향을 끼쳤다. 김수증 이후 곡운을 찾는 사람들은 이곳을 도화원에 비유하곤 했다. 다산은 「도화원기」의 앞부분인 "개울을 따라 가다가 길을 잃어 멀고 가까움을 모르게 되었다. 그런데 홀연히 복사꽃 핀 숲을 만났다. 양쪽 언덕을 끼고 수백 보를 나아가도 그 곳에는 다른 나무는 하나 없이 향기 나는 풀들만이 고운데, 아름다운 꽃잎들이 떨어져 흩날리고 있었다."란 표현을 염두에 두었던 것 같다. 온통 복사꽃으로 어우러진 마을 입구와 꽃들로 흐드러진 방화계를 동일시하였다. 그는 그물처럼 촘촘하게 꽃이 핀 것을 보고 '망화계(網花溪)'로 고치고, 흥에 겨워 시를 한 수 지었다.

망화계

일곡이라, 시냇가에 배를 매지 마라
촘촘한 꽃 달리는 시내로 나가려 하네
뉘 알리 첩첩 산골 별천지 안에
푸른 산기슭 곳곳에 연기가 날 줄을
一曲溪頭菓繫船 일곡계두과번선
網花纔肯放奔川 망화재긍방분천
誰知百疊靈源內 수지백첩령원내
青起山根處處煙 청기산근처처연

계곡으로 내려가자 여울 옆 넓적한 바위에 새긴 글자가 깨진 채로 있다. 1856년 9월부터 1857년 11월까지 춘천부사로 있던 이용은(李容殷)은 자신의 이름과 '방화계(傍花溪)'를 새겼으나, 훼손되어 일부분만 남았다. 여울 건너 바위에도 글씨가 남아 있다. 바위에 글씨를 새긴 곳은 절경이면서 자리 잡고 앉아서 땀을 식히기 좋은 곳이다. 방화계가 구곡을 대표하는 장소라는 것을 바위에 새겨진 글씨가 알려준다.

처음 방화계를 찾았을 때 시선을 뺏은 것은 산더미 같은 바위였다. 수십 차례 지나쳤지만 매번 바위가 먼저 보였다. 그러나 바위만 보는 것은 초보자의 심미안이라는 것을 요즘에서야 깨달았다. 김수증과 다산은 세 가지에 주목하였다. 바로 바위와 여울과 철쭉이다. 예전엔 바위틈에서도 철쭉을 쉽게 볼 수 있었다고 한다. 지금은 많이 사라졌지만 봄이 되면 바위 틈은 빨갛게 물든다. 그동안 간과하였던 것은 여울이었다. 여울의 모습은 다산의 표현이 세밀하다. 세 개의 여울과 두 개의 못으로 이루어진 방화계의 진면목은 김수증과 정약용의 시선을 빌리자 보이기 시작했다. 꽃과 집채보다도 더 큰 바위, 그 사이로 흐르는 여울은 방화계의 자랑이다. 철쭉이 흐드러지게 피는 봄에 방화계 바위에 앉아 있노라면 나도 모르게 신선이 된다. 곡운구곡의 여행은 신선이 되어 선경(仙境) 속에서 노니는 것이다.

푸른 산 베고 있는 영귀연

곡운구곡을 여행할 때 동행했던 이재의(李載毅, 1772~1839)는 영귀연(靈龜淵)을 2곡으로 삼고, 다산이 2곡으로 정한 설벽와(雪壁渦)를 3곡으로 보았다. 같은 듯 다른 두 분의 심미안을 엿볼 수 있는 곳이다. 영귀연은 어디에 있을까? 다산은 방화계의 위치가 영귀연 아래 서너 구비 지나 있다고 했으니, 방화계에서 시작한다면 서너 구비 위쪽에 있다는 말이다. 방화계에서 출발하여 왼쪽으로 한 번, 오른쪽으로 크게 한 번 돌면 '용정쉼터'가 나온다. 계곡 쪽으로 내려가면 흐르는 물 속에 커다란 바위가 잠겨있다. 물 건너편 산기슭에 깊게 뿌리박은 바위는 물 가운데까지 차지한다. 거북이의 몸은 산기슭에 있고 꼬리는 물속에 잠긴 형상이다. 물은 꼬리 부분에서 여울을 만들며 빠르게 흐른다. 거북바위 때문에 바위 아래쪽은 깊은 연못이다. 연못 때문에 영귀연이란 이름을 얻게 되었다. 다산은 "잔잔이 흐르는 물속에 거북처럼 생긴 돌이 있다. 남쪽으로 머리를 두고 북쪽으로 꼬리를 두었으며, 물가에 흰 돌이 넓게 깔려 있어 1백여 명이 앉을 수 있다. 내가 그것을 영귀연이라 하였다"라고 기록하였다.

이재의가 영귀연을 읊은 시가 그의 문집인 『문산집(文山集)』에 실려 있다.

이곡이라 거북머리 푸른 산을 베고 있고
여울은 급히 쏟아지지 않아 조용하구나
천 년 동안 정령의 기를 모두 마시면서
첩첩 골짜기서 구비 도는 물 맡고 있구나
二曲龜頭枕碧峰 이곡귀두침벽봉
湍無激瀉極從容 단무격사극종용
千年吸盡精靈氣 천년흡진정령기
管領縈回峽數重 관령영회협수중

영귀연에서 상류로 조금 올라가면 계곡은 크게 구비 치며 휘어진다. 바로 그 곳에서 산을 바라보면 산 중간에 폭포가 있다. 갈수기에는 보기 힘들지만 조금이라도 비가 내리면 자신의 모습을 드러낸다. 그런데 선인들의 기록에는 찾을 수 없다. 계곡이 너무 아름다워 산 중턱을 바라볼 생각을 하지 않았던 것 같다.

영귀연

방긋 웃는 미인 설벽와

이재의(李載毅)의 본관은 전주이며, 자는 여홍(汝弘), 호는 문산(文山)이다. 그는 철종 때 형조판서를 지낸 홍직필(洪直弼)과 동문수학한 노론 계열의 유학자이다. 이재의는 큰아들이 영암군수로 있을 때 영암에 기거하면서 강진에 유배 온 정약용과 시문을 주고받으며 인연을 맺기 시작하였다. 『이산창화집(二山唱和集)』은 두 사람의 아름다운 흔적이다. 당파 싸움이 격렬하던 시기에 노론의 이재의와 남인인 정약용이 시를 주고받은 것은 경계를 넘어선 용기 있는 아름다움이다.

1818년 다산이 유배에서 풀려나 고향으로 돌아가자, 이재의는 고향이던 죽산(竹山)과 다산의 집인 여유당을 오고가면서 인연을 지속한다. 1823년 여름에 다산이 춘천으로 여행을 계획하자 이재의가 다시 찾는다. 다산은 『산행일기』에 그때의 일을 적어놓는다. "약암(約菴) 이여홍(李汝弘)이 소식을 듣고 따라가지 않을 수 없다고 하면서 죽산으로부터 1백 20리를 달려와 같이 가기로 약속하였다."

두 사람은 곡운구곡을 걸으며 기존의 곡운구곡을 약간 수정하여 새로운 곡운구곡을 만든다. 대부분 같았지만 한 군데서 일치를 보지 못한다.

친하지만 자신의 견해와 달랐을 때는 한 치도 양보하지 않는 자존심의 대결이라고 할까? 영귀연과 망단기(望斷磯)에서 심미안이 달라진다. 그래서 영귀연은 이재의의 2곡이 되고, 망단기는 다산의 3곡이 된다. 영귀연과 망단기 사이에 있는 것이 이재의의 3곡이며, 다산의 2곡인 설벽와(雪壁渦)다. 이재의는 설벽와에서 시를 짓는다.

삼곡이라 소용돌이치니 배를 맬만한데
옆을 보자 가파른 벼랑 자연스레 서 있네
빙긋 웃는 미인의 피부는 눈과 같은데
분발라 치장하니 너무도 아름답구나
三曲盤渦可繫船 삼곡반와가계선
傍看峭壁立天然 방간초벽립천연
美人一笑膚如雪 미인일소부여설
粉白粧成最所憐 분백장성최소련

설벽와의 아름다움은 소용돌이치는 여울과 흰 바위다. 곡운구곡 대부분의 돌들은 동그랗고 반들반들하며, 하얀색과 회색으로 이루어졌다. 그러나 이곳의 돌들은 예리하게 각진 검은색과 고동색의 돌만 보인다. 다산은 북쪽 언덕 석벽이 옥설처럼 희다고 했으나 보기 어렵다. 절벽은 도로를 개설하면서 무너져 내리고 회색시멘트 옹벽만이 서 있다. 뿐만 아니라 절벽을 깎아내면서 무너져 내린 검은 바위 덩어리가 흉물스럽게 계곡을 덮고 있을 뿐이다.

어느 날 상류 쪽 물가를 거닐고 있는데, 고동색 바위틈 사이로 흰색의 너럭바위가 보였다. 비록 석벽이라고 할 수 없지만 물가에 길게 형성된 흰 너럭바위가 길을 뚫기 위해 발파한 돌 밑에 깔려 있었다. 석벽이란 말에 너무 집착해 산만 바라보았기 때문에 발견하지 못했던 것이다.

다산은 「산행일기」에서 설벽와를 이렇게 묘사한다. “설벽와는 내가 지은 이름이다. 망단기를 따라 동쪽으로 가다가 다시 산 하나를 돌면 바람을 일으키는 급류가 허연 물거품을 이루어 놀랍고도 즐길 만하다. 북쪽 언덕의 병풍처럼 두른 석벽은 옥설처럼 희고 움푹 들어간 바위는 마치 절구통 같다. 그래서 설구와(雪臼渦)라 이름 할 수도 있고, 또 설벽와라 이름 할 수도 있다. 다시 그 밑으로 한 굽이를 돌면 바람을 일으키는 여울물이 허연 물거품을 이루어 아끼며 즐길 만하다” 그의 시는 이렇다.

설벽와

이곡이라 하늘을 나는 듯 아련한 봉우리
바람 일으키는 여울이 다투어 씻겨주네
구슬 병풍 옥 벼랑은 신선이 노닐던 곳
구름다리 건너니 더욱 더 멀어지네
二曲天飛縹緲峯 이곡천비표묘봉
風湍上下競修容 풍단상하경수용
瑤屛玉壁仙游處 요병옥벽선유처
已道雲梯隔一重 이도운제격일중

아름다웠던 이재의와 다산의 사귐은 옛 일이지만 아직도 향기롭다. 당파가 다르다고, 자신의 생각과 다르다고 상대방을 공중분해 시키는 일이 21세기에 일어났다. 설벽와의 훼손된 경치와 요즘의 작태가 오버랩 된다. 정약용과 이재의의 만남을 21세기에 그리워하는 것은 우리의 부끄러운 자화상이다.

망단기와 벽력암

설벽와에서 한 구비 돌면 오른쪽으로 주차할 공간과 간이 판매대가 설치된 쉼터가 나타난다. 용담샘터를 지날 때마다 물 한 모금 마시고, 전병으로 요기를 하곤 했다. 사창리에 사시는 아주머니들은 기름, 산나물, 약용 나무, 곡식 등을 정성스레 쌓아놓고 오고가는 길손들을 맞이한다. 한편에선 솥뚜껑에 전을 부친다. 인근 주민들은 큰 물통을 몇 개씩 가져와 물을 담아가는 곳이기도 하다.

100여 미터 가면 커다란 바위에 '곡운구곡의 고장 화천군 사내면'이란 글씨가 새겨져 있다. 뒤편 계곡으로 내려가면 벽력암(霹靂巖)이 버티고 서 있다. 앞에 서니 장대하다는 표현이 적절하다. 벼락이 쳐서 만들어진 암벽일까? 의지 약한 사람들에게 벼락같은 호통을 쳐서 정신을 차리게 만드는 곳일까?

벽력암 위쪽은 하얀 물거품을 일으키는 여울이다. 세찬 여울이라 계곡을 따라 사창리로 향하던 옛 사람들은 낙담과 허탈감에 빠졌으리라. 의지가 약한 사람들은 발걸음을 되돌리기도 했을 것이다. 이곳을 우리네 인생과 비유한다면 견강부회일까? 망단기(望斷碕)는 혈기 왕성한 젊은 시절

수많은 좌절과 실패를 의미한다. 여기서 좌절하고 포기하는 사람도 있겠지만, 절망을 딛고 일어나야 다음 단계로 나갈 수 있음을 망단기는 보여준다.

다산은 이곳을 이렇게 묘사했다. "망단기는 내가 선정한 곳이다. 청옥담 밑으로 산모퉁이를 끼고 한 구비 돌면 바람을 일으키는 여울과 눈처럼 허옇게 일어나는 물이 있어 참으로 즐길 만하다. 반석 전부가 평퍼짐하게 깔려있어 수백 명이 앉을 만하다. 위에 벽력암이 있는데, 높고 기이하여 놀랄만하다. 이곳의 본래 이름이 망단기이다. 돌로 이루어진 길이 여기에 이르러 더욱 험하여 앞으로 나아갈 엄두가 끊김을 이른 말이다. 여러 사람과 이곳에서 발을 씻었다" 그리고 시로 마무리를 한다.

망단기

벽력암

삼곡이라, 구당협 같아 배 물리려 하니
봉산(蓬山)과 약수(弱水) 아득해지네
몇 사람 끊어진 물가 길 바라보다
긁적이며 주저하니 가련하구나

三曲瞿唐欲退船 삼곡구당욕퇴선
蓬山弱水轉茫然 봉산약수전망연
幾人望斷碕頭路 기인망단기두로
搔首踟躕也可憐 소수지주야가련

구당협은 중국 사천성 동쪽 끝에 있는 양자강 삼협 중의 하나이다. 그 중 가장 좁고 험한 곳으로 유명하다. 봉산(蓬山)은 봉래산으로 신선들이 산다는 영험한 산이며, 약수(弱水)는 신선이 살았다는 중국 서쪽에 있는 전설 속의 강이다. 여기서 구당협은 망단기로, 봉산과 약수는 이상향인 곡운을 의미한다.

연꽃 같은 바위 빙 둘러 연못 이뤘네

벽력암에 놀라면서 망단기를 어렵사리 통과하면 청옥담(靑玉潭)이다. 청옥담은 다산의 심미안에 의해 탄생한 곳이다. 김수증은 이 일대부터 구비치는 상류의 협곡까지 아울러 청옥협이라고 불렀다. 그렇기 때문에 청옥담은 청옥협의 일부분이다. 김수증은 「곡운기」에서 이렇게 말한다.

청옥담

"또 10여 리를 가니 돌잔교가 물에 닿아있는데, 점점 탁 트여 참으로 옛 사람이 말한 '빛이 있는 것처럼 환하게 보인다'는 것과 같다. 드디어 이름을 지어 청옥협(靑玉峽)이라 했다."

다산은 청옥담을 이렇게 표현한다. "청옥담에서 담(潭)은 본래 협(峽)으로 썼다. 신녀협 밑에 있어 맑은 못의 검푸른 물빛이 마치 청옥과 같으며, 북쪽 언덕의 넓은 반석은 노닐 만하다. 물이 깊기로는 의당 9곡 중에 첫째가 될 것이다. 또한 배를 띄울 만하다."

이곳에서 눈 여겨 볼 곳은 물과 바위다. 곡운구곡 중 여기보다 물이 깊은 곳은 없다. 깊어서 늘 검푸른 색을 띠고 있다. 시커먼 물속에 용이라도 살 것 같다. 물을 자세히 보면 상반된 두 모습을 볼 수 있다. 청옥협에서 쏟아지는 물은 물보라를 일으키며 여울을 만든 후 청옥담을 만든다. 심하게 요동을 친 후 잠잠해진다. 여울이 양의 모습이라면 못은 음의 자태다. 설벽와가 음양을 포함하고 있으면서 양에 방점을 찍었다면, 여기는 음적인 요소가 강하다. 잔잔하고 깊은 물은 배를 띄워 노닐 수 있을 정도다.

잔잔한 물 옆에 굳센 너럭바위가 포진하고 있다. 한쪽 바위가 울퉁불퉁 근육질이라면 맞은편은 매끈하다. 바위도 음양이다. 방화계의 바위가 섬이라면 청옥담의 바위는 성벽이다. 깊고 견고하게 물을 가두고 있다. 양쪽 바위는 여울을 통과한 물을 못으로 만든다. 그리고 너무 단순할까봐 못 아랫부분 가운데에 조그만 바위섬을 만들어 놓았다. 화룡점정(畵龍點睛)이다. 다산의 시이다.

사곡이라, 맑은 물결에 흰 바위 잠기고
덩굴과 나뭇잎 하늘하늘 흔들리며

대쪽 같은 여울은 찬 기운 뽑아내고
연꽃 같은 바위는 빙 둘러 못 이루네
四曲澄泓浸雪巖 사곡징홍침설암
垂蘿高葉裊氍毵 수라고엽뇨람참
湍如竹節抽爲氣 단여죽절추위기
石似蓮花拱作潭 석사련화공작담

동행하던 이재의도 시를 짓는다.

사곡이라 우뚝한 푸른 너럭바위
풀뿌리와 덩굴 길게 드리우고 있네
문득 하얗고 외로운 것 못마땅하여
봉우리 푸르게 드리우는 것 허락했네
四曲亭亭葱色巖 사곡정정총색암
草根藤蔓絡毵毵 초근등만락삼삼
却嫌太素猶孤絶 각혐태소유고절
故許羣峰翠滴潭 고허군봉취적담

소용돌이치는 물은 기괴하여 형언하기 어렵네

청옥협에서 계곡을 따라 올라가면 김수증이 말한 대로 탁 트여 빛이 있는 것처럼 환히 보인다. 봉우리들 사이의 계곡만 보이다가 비로소 인가가 조금씩 보인다. 마치 「도화원기」에서 개울을 따라가니 복사꽃 만발한 도화원이 나타나듯, 그렇게 갑자기 나타난다. 건너편으로 논과 밭이 보이고, 그 사이에 농가가 군데군데 있다. 조금 더 가면 신녀협이다.

김수증은 처음에 신녀협으로 했다가, 나중에 정녀협으로 이름을 바꾸었다. 김수증의 글은 이렇다. "1리쯤 가니 여기정(女妓亭)이 있다. 신녀협(神女峽)으로 고쳤다가 또 정녀협(貞女峽)으로 이름 붙였다. 소나무 있는 벼랑은 높고 시원해 수석을 굽어보니 매우 맑으며 밝다. 그곳에 이름 붙이길 수운대(水雲臺)라고 하였다. 그런데 마을 사람들이 전하길 이곳은 매월당이 머물며 감상한 곳이라고 해서, 후에 청은대(淸隱臺)로 고쳤다." 처음에 정자의 이름은 수운대라고 했다가 뒤에 청은대라고 고친 것을 따라, 새로 지은 정자는 청은대다.

청은대에 오르니 제일 먼저 보이는 것은 뭉게구름 아래 있는 늠름한 화악산 자락이다. 정녀협은 정자 밑으로 보인다. 무성한 나뭇가지 때문에 자세하게 보이진 않지만 흰색의 바위와 그 사이의 푸른 물이 범상치 않다.

청은대 뒤로 내려가니 하얀색 너럭바위가 반긴다. 속살처럼 하얀 바위는 청옥담의 바위처럼 하나로 이루어졌다. 건너편 바위는 용암이 흐르다 굳은 것과 같은 모양을 하고 있어서 더욱 기이하다. 양쪽의 하얀 바위 사이를 흐르는 물은 파란 물감이다.

여러 차례 답사 동안 나의 이목을 끈 것은 하얀색의 바위였다. 청은대 옆에 설치된 안내판에도 바위에 대한 해설이 자세하다. "곡운구곡 일대는 화강암이 노출되어 있어 비경을 이루고 있는데, 특히 화강암에서 특징적으로 나타나는 편상절리 구조를 볼 수 있다. 편상절리는 지하 깊은 곳에서 만들어진 화강암이 지표로 드러날 때, 암석을 누르던 압력이 제거되어 팽창하는 과정에서 암석에 수평방향의 결이 발달한 것이다. 곡운구곡의 제3곡 신녀협과 제4곡 백운담 일대에서는 편상절리가 발달한 넓고 평평한 화강암 반석을 잘 관찰할 수 있다."

다산은 소용돌이치며 흘러가는 물에 주목하였다. 그는 이렇게 묘사한다. "신녀협은 벽의만 동쪽 한 화살 사정거리에 있다. 상 · 하 두 소용돌이를 이루는데, 위에 있는 소용돌이는 명옥뢰와 견줄 만하고, 아래 있는 소용돌이는 너무나 기괴하여 형언할 수 없다. 양쪽의 언덕이 깎아지른 벼랑처럼 서 있는 협곡이 아닌데도 협이라고 이른 것은, 대개 그 웅덩이의 형태가 마치 두 언덕이 협곡을 이룬 것 같기 때문이다. 우레 소리가 나고 눈처럼 흰 물결이 용솟음치며 돌 색깔 또한 빛나 반들반들하다. 과연 절묘한 구경거리다." 정녀협 위에서 소용돌이치는 물은 명옥뢰와 견줄 만하고, 아래에서 소용돌이치는 물은 기괴하여 형언하기 어렵다고 묘사했다. 그래서 '신녀회(神女滙)'라고 했던 것이다. 다산의 눈을 좇아 바라보니 과연 그러하다.

신녀회

오곡이라, 봄산은 깊고 깊은데
냉랭한 패옥소리 빈 숲을 울리네
이로부터 곧게 닦는 소원 이루리니
인간의 부족한 마음 수없이 씻어주네
五曲春山深復深 오곡춘산심부심
冷冷環佩響空林 랭랭환패향공림
自從立得貞修願 자종립득정수원
百洗人間未了心 백세인간미료심

수많은 답사 이후에야 화강암의 반석과 그 사이의 푸른 물 뿐만 아니라, 위와 아래에서 소용돌이치는 여울이 보이기 시작했다.

달구경하기 좋은 벽의만

「산행일기」를 펼치고 다산이 묘사한 벽의만(碧漪灣)을 반복해서 읽었다. 벽의만은 어딜까? '요골'이라는 조그만 계곡이 있는 근처라고 생각했었다.

> 벽의만은 내가 지은 이름이다. 백운담 아래 1리 되는 곳에 있다. 양쪽 언덕의 큰 소나무들은 암벽 곁에 섰고, 맑고 깊으며 돌아 흐르는 물줄기는 짙푸른 색깔을 띠며 평평하고 넓다. 아래의 방화계부터 위로 와룡담에 이르기까지 이처럼 평평한 물이 없다. 이 또한 조물주의 기교이다. 반드시 세차게 흐르고 급히 내닫는 여울만이 9곡에 뽑혀 있을 필요는 없다. 여기는 고기잡이도 할 수 있고 배도 띄울 수 있는 곳이므로, 조그마한 배 한 척을 마련해 바람을 쐬고 달구경 하는데 적합하다. 만약 9곡에서 이것이 없다면 기이한 변화를 이루지 못할 것이다.

백운담에서 1리 아래쪽에 있으며, 벽의만에서 신녀협까지의 거리는 화살의 사정거리라고 했다. 그래서 벽의만은 백운담보다는 신녀협에 더 가까운 곳에 있는 곳으로 보았던 것이다. 그런데 늘 '만(灣)'이 목구멍에 걸린 가시 같이 괴롭혔다. 지금까지 벽의만이라고 여긴 곳은 '물굽이', '활등처럼 굽은 곳'과는 다른 곳이었다. '맑고 깊으며 돌아 흐르는 물줄기는 짙푸른 색깔을 띠며 평평하고 넓다고도 표현했다. 그렇다면 벽의만은 상류로 더 올라가야 한다.

다산은 벽의만을 이렇게 노래했다.

육곡이라, 잔잔한 물결 이는 푸른 물굽이
강물 색깔과 흡사하여 사립문 비치네
나는 여울 급한 폭포 그 무엇 때문인가
맑고 깊은 물의 한가로움에 미치지 못하네
六曲平漪翠一灣 육곡평의취일만
渾如江色映柴關 혼여강색영시관
飛湍急瀑誠何事 비단급폭성하사
不及澄泓自在閒 불급징홍자재한

벽의만

다산과 함께 이곳을 찾은 이재의는 벽의만이라 하지 않고 「관어기(觀魚磯)」란 제목으로 세상의 욕심을 잊고 스스로 한가로운 경지를 노래했다.

육곡이라 평평하게 한 구비 돌자 있으니
조용하여 마주하자 서로가 즐거워라
낚시 드리운 건 물고기 맛 때문 아니며
욕심을 잊으니 하루 종일 한가하네
六曲平鋪轉一灣 육곡평포전일만
澹然相對樂相關 담연상대낙상관
垂竿非爲銀鱗美 수간비위은린미
志在忘機盡日閒 지재망기진일한

관어기는 물고기가 물속에서 유유히 노니는 것을 바라볼 수 있는 물가의 바위란 뜻이다. '솔개는 날아서 하늘에 이르고, 물고기는 못에서 뛰는' 것을 응시할 수 있는 곳. 그곳은 천지의 조화를 이루는 자연의 오묘한 도를 체득할 수 있는 곳이다.

흰 구름 넘실대는 백운담

백운담(白雲潭)은 벽의만에서 가깝다. 길 오른쪽에 군부대가 자리 잡고 있다. 도로에서 내려가면 먼저 만나는 곳이 열운대이다. 열운대에서 보이는 백운담의 이미지는 기이함이다. 넓은 너럭바위가 꺼지면서 만든 폭포는 하얀 물을 끊임없이 쏟아낸다. 중저음의 물소리가 주변에 깔린다. 가까이 갈수록 더욱더 기이하다.

폭포 주변의 바위들은 보는 사람의 시선에 따라 온갖 동물로 보인다. 거북이 같기도 하고, 용 같기도 하다. 뱀 같기도 하고, 입을 벌리고 포효하는 호랑이 같기도 하다. 온갖 짐승들이 우는 듯한 환상 속에 소름이 한 차례 돋는다. 김수증의 묘사가 자세하다. "이곳은 주민들 말로 대복삽(大㠸揷)이다. 못은 깊게 파였으며, 못의 좌우에는 큰 돌이 우뚝하게 뒤섞여 늘어져 있는데, 거북이와 용이 물을 마시는 것 같다. 물이 뿜어 나오면서 부딪치니 수많은 기와를 깨뜨리는 듯하고, 물소리는 산과 골짜기를 진동시킨다. 그것을 보니 위엄이 있다. 물 밑은 모두 돌덩어리다. 언덕 주변에 드러난 돌들은 형세에 따라 들쑥날쑥하다. 너럭바위는 깨끗하고도 반들거리는데, 길이는 무려 수백 보쯤 된다. 봄여름 사이에 마을 사람들은 통발을 설치하거나 그물을 던져 열목어를 잡는다. 그래서 이름을 바꾸어 설운계(雪雲溪)라고 하였다. 뒤늦게 옛날에 백운담이라 불렀다는 것을 듣고 다시 옛 명칭대로 하였다. 그 옆에 바위벼랑이 우뚝 솟아있어, 열운대(悅雲臺)라고 하였다."

바위 이 곳 저 곳은 오랜 시간 동안 물이 휘돌아 흐르며 대야 같은 홈을 만들어 놓았다. 파이지 않은 곳은 비누처럼 반들반들하다. 그 위에 새겨진 글자들은 마모되어 흐릿하다. 몇 군데서 글자를 볼 수 있으나 마모가 심하여 판독하기 어려운 것이 더 많다.

다산은 천변만화(千變萬化)하는 물의 모습을 흰 구름과 같다고 했다. "백운담은 9곡 중 첫 번째의 기이한 경관으로 삼아야만 한다. 반석이 넓게 깔려 천여 명이 앉을 수 있고, 바위 빛깔은 티 없이 푸르고 깨끗하다.

백운담

구렁으로 쏟아져 흐르는 물은 매우 기괴하고 무척이나 옥같이 희다. 소용돌이치고 내려찍고 끌어 오르다가 튀어 오르는 기상은 언제나 흰 구름 같다. 북쪽 암벽의 표면에 '백운담'이란 세 자를 새겼는데 초서체이다. 역시 귀인들이 이름을 새긴 것이 많다" 여름날 하늘에서 자유자재로 자신의 모습을 바꾸는 흰 구름 같은 백운담의 물을 시로 그려냈다.

칠곡이라, 맑은 물 쏟아져 여울 되니
구름 피듯 눈 끓듯 사람의 눈을 끄네
신선과 속인 우아와 저속 관계없이
이곳에선 찬 기운 뼈에 사무치네
七曲琳琅瀉作灘 칠곡림랑사작탄
崩雲沸雪要人看 붕운비설요인간
仙凡雅俗何須問 선범아속하수문
只是當時徹骨寒 지시당시철골한

김구(金構, 1649~1704)는 『관복재유고』에 남긴 「동행일기」에서 백운담과 만남을 이렇게 묘사하고 있다.

문 밖의 큰 시내는 보살피천(菩薩陂川)이라 부른다. 피연(皮硯)은 어제 물 따라가며 건너던 곳으로 바로 이 물이다. 스님은 물을 따라 백여 보를 올라가면 백운담이라 불리는 것이 있는데, 평강 군수 김수증이 명명했으며 볼만하다고 한다. 나는 드디어 스님과 함께 갔다. 백운담은 모두 흰 돌이 흐르는 물을 끼고 있다. 조그만 돌은 거북이나 자라 같고, 큰 돌은 사자와 코끼리 같다. 밥상처럼 평평하고 넓은 것은 앉아서 바둑을 둘 수 있고, 섬처럼 우뚝 솟은 것은 내려다보며 낚시를 할 수 있다. 돌이 많아 물은 세차게 흐른다. 좁은 곳에서 뿜어져 나와 우묵한 곳에 부딪혀 솟구치

> 고, 이미 나와서 흩어진다. 떨어진 것은 맑은 못이 되고, 날아간 거품은 눈이 된다. 잔잔히 흐르는 것은 비단을 펴놓은 듯하다. 물빛은 옥처럼 맑으며 짙은 초록을 띠고 있다. 햇볕이 아래까지 비춰 머리카락도 셀 정도이다. 마주하고 있는 기슭의 푸른 절벽이 우뚝 솟아있다. 산에는 잡목과 단풍나무들이 많고 소나무 잣나무 종류가 적다. 매번 봄과 가을 두 계절에 이름 모를 잡다한 꽃이 나무 사이에서 피는데, 떨어진 꽃잎이 어지럽다. 단풍잎이 언덕을 뒤덮고 그림자는 맑은 못에 거꾸로 비춘다. 경치가 가장 기이하고 뛰어나다고 한다.

다양한 형상을 한 채 제각기 서 있는 돌들과, 그 사이를 흐르는 물, 통과한 후의 물의 변화. 그리고 주변의 나무와 꽃들을 비디오로 담 듯 낱낱이 기록하고 있다.

1714년에 이하곤은 백운담에 대한 기록을 『두타초』에 「동유록」으로 남긴다.

> 계곡을 거슬러 가자 계속해서 아름다운 곳이 나온다. 계곡물은 종종 긴 못을 만든다. 연못의 물결은 넓고 그득하여 강과 호수와 같다. 차츰 앞으로 1리쯤 가자 대보삽(大洑揷)에 이르렀다. 평평하게 널려 있는 돌은 커다란 연회석 같고, 흰 색깔은 칼로 벤 비계와 같다. 물은 돌 가운데로 흐르다 세찬 여울이 되어 아래로 떨어지고, 돌이 턱처럼 물을 받아낸다. 물은 소용돌이치며 화를 내듯 물보라를 뿜어내니 수많은 눈꽃과 같다. 날아가며 춤추고 흩어지며 올라가니 대단히 괴이하고 장엄하다. 옆에 커다란 돌 세 네 개가 갈라져 나갔는데 형태가 대단히 기괴하여 거북이와 용이 숙이고 물을 마신 후 떨어져서 숙이고 있는 것 같다. 계곡 속의 물고기를 셀 수 있을 정도이나 소나무의 그늘이 없어서 한스럽다.

이하곤은 특히 물의 변화를 세밀하게 포착하였다. 돌을 형상한 것은 덤이다. 그는 주변에 소나무가 없는 것을 옥의 티로 여겼다.

오원(吳瑗, 1700~1740)은 백운담에서 받은 충격을 이렇게 표현하였다.

> 여기서 백 여 보 떨어진 곳은 규모가 여기와 비슷하다. 4곡인 백운담에 이르면 명옥뢰의 크고 험하며 울퉁불퉁한 돌들보다 더욱 괴이하며 웅장하다. 소와 말이 무리지어 마시는 듯, 거북과 자라가 햇볕을 쬐는 듯, 이빨이 어긋난 듯. 물은 그 사이를 내달리니 쏟아지는 것은 폭포가 되고, 떨어진 것은 연못이 된다. 치솟으며 섞이고 뿜어 나오며 솟아오르는 것이 눈과 서리가 흩어지는 것 같다. 층층이 쌓여 펼쳐져 있는 주변의 너럭바위는 구슬처럼 밝고 깨끗하여 모두 쉴만하다. 비로소 계곡 서쪽의 바위에 앉아 술을 마시니 약간 취한다. 머루를 따서 먹었다. 다시 계곡 동쪽으로 가서 폭포와 연못을 보니 더욱 괴이하다. 이곳은 9곡 중에 가장 뛰어난 곳이다. 지금은 메말라 고인 물이 말랐는데도 물의 기세가 성한 것이 이와 같으니 평상시의 모습을 상상할 만하다. 돌을 밟고 물장구를 치며 물길을 따라 오르내리고 배회하다가 해가 지는 줄을 몰랐다. 물길을 따라 내려가니 아름다운 경치와 멋진 곳이 끝이 없다.

바위들의 모습을 이보다 더 실감 있게 묘사할 수 있을까? 다양한 모습으로 쏟아지는 물의 변신을 이 이상 그릴 수 없을 것이다. 오원은 해가 지는 줄도 모르고 백운담에 머물러 있었다.

백운담에서의 본 감동을 비슷한 듯 다르게 각각 표현하였다. 사람마다 다를 것 같지만 뛰어난 경치 앞에서 느끼는 감정은 비슷하다.

극히 아름다운 여울 명옥뢰

"여기서부터 수백여 보 올라가면 또 뛰어난 곳을 만난다. 기이하고 장엄함은 백운담보다 덜하지만 맑고 평온함은 백운담보다 낫다. 그래서 명옥뢰(鳴玉瀨)라 하였다" 김수증이 수백여 보라고 하였듯 백운담에서 가까운 곳에 명옥뢰가 있다. 개울 건너편에 있는 제법 큰 마을은 큰방단리이다. 여기서부터는 첩첩 산중을 벗어나 마을 속에 곡운구곡이 자리 잡고 있다.

곡운구곡의 위치를 확정할 때 마지막까지 논란에 쌓였던 곳이 명옥뢰였다고 한다. 곡운구곡도에 그려진 명옥뢰의 모습은 지금 볼 수 없다. 한창 근대화 바람이 불 때 많이 훼손되었다. 몰지각한 사람들이 곡운구곡에 있는 바위들을 반출하여 석벽을 쌓거나 주택가 축대를 만드는데 사용했다. 지금부터 얼마 떨어지지 않은 시기의 일이다. 지금도 곡운구곡을 개발하려는 사람들은 원형을 훼손시켜서라도 관광객을 끌어들이려 한다. 무조건 개발을 능사로 여기는 개발만능주의와 돈을 쫓는 물신풍조가 훼손의 주범이다.

백운담을 보고 충격에 빠졌다가 명옥뢰에 이르러서 맥이 풀린다. 백운담에 비해 너무 왜소해 보였기 때문이다. 그러나 김수증의 말대로 각각의 아름다움이 있지 않는가? 백운담이 기이하고 장엄한 아름다움을 지니고 있다면, 명옥뢰는 맑고 평온한 아름다움을 지니고 있다. 아름다움은 절대화될 수 없다. 각각의 아름다움이 있을 뿐이다. 나와 다른 기준, 입장 등을 인정하는 것을 명옥뢰는 가르쳐준다. 또한 명옥뢰는 눈으로 보는 곳이 아닌, 눈을 감고 여울 소리를 듣는, 그래서 귀로 감상하는 곳임을 이름으로 알려준다.

다산은 반석이 넓게 깔리고 잔물결이 구렁으로 달림으로써 하얀 눈이 일어나고 바람과 우레가 서로 부딪혀 진동하니, 여울로서는 극히 아름다운 경관이라고 평하면서 이렇게 노래했다.

팔곡이라, 반석이 비스듬히 깔렸는데
옥을 굴리듯 맑은 물소리 변함없네
자연의 묘한 음악 지금 이와 같으니
험한 길 거쳐 온 것 한스럽지 않네
八曲盤陀側面開 팔곡반타측면개
琮琤玉溜故潔洄 종쟁옥유고결회
勻天妙樂今如此 균천묘악금여차
不恨從前度險來 불한종전도험래

명옥뢰

제갈공명을 기리는 와룡담

명옥뢰에서 와룡담까지의 거리는 백운담에서 명옥뢰까지의 거리와 비슷하다. 와룡담에 도달하기 전에 김수증이 처음 은거하던 용담리의 전경이 펼쳐진다. 군부대와 민가가 어우러져 마을을 이루고 있다. 군부대 옆에 서 있는 기념비만이 김수증이 이곳에 있었다는 것을 알려준다.

안동 하회마을의 축소판이 용담리이다. 그 앞에 와룡담이 있다. 가뭄이 심하면 이곳에서 기우제를 지냈다고 하지만 골이 깊고 수량이 풍부해서 이곳은 가뭄 걱정이 없을 것 같다. 물 건너편은 모두 커다란 바위다. 바위와 만나는 물은 시퍼렇다. 곡운구곡의 다른 곳과 달리 이곳은 모래가 넓게 펼쳐져 있다. 예전에는 모래를 찾기 힘들었는데 농지개발 등으로 모래가 많이 쌓였다고 한다.

하나의 바위벼랑을 돌아가면 고여 있는 물이 맑고 깊어 깊이를 헤아릴 수 없다. 세간에서 용연(龍淵)이라 부르는데, 가물면 마을 사람들이 제사 지내며 빈다. 마침내 와룡담(臥龍潭)이라 이름 붙였다. 청람산(青嵐山)의 중맥(中脈)이 여기에 이르러 다한다. 울창한 산기슭이 구불구불 내려와 동북쪽을 베고 서남쪽을 향하며 사방을 둘러싸고 있으니, 동서로 수백 보이고 남북으로 백 여 보이다. 물의 형세는 서쪽에서 동쪽으로 흐르는 것이 활을 당긴 형세이다. 그 안은 평탄하고 넓으며 온화하고 그윽하여 농사지으며 살만하다. 화악산의 푸른빛은 책상을 마주하는 듯하다. 그 앞에 와용담(臥龍潭)이 있어 귀운동(歸雲洞)이라 하였다. 뒤늦게 마을 사람들이 옛날부터 석실(石室)이라 부른다는 것을 들었다. 이곳이 도산석실(陶山石室)과 부합함이 있어 매우 기이하였다. 그래서 신석실(新石室)로 불렀다. 남쪽 물가의 소나무 숲이 푸르고 울창하여 정자를 둘만하였다. 최고운(崔孤雲)의 시어(詩語)를 취하여 농수정(籠水亭)이라고 하였다.

김수증의 「곡운기」 중 와룡담 부분이다. 김수증이 곡운으로 오기 전에 거처하였던 곳은 지금의 남양주 부근이다. 그곳의 지명이 석실이었다. 그런데 김수증이 새로 거처를 마련하고 '곡운'이라 이름 붙인 이곳을 마을 사람들은 예전부터 석실이라고 불러왔다. 우연의 일치라고 하기 보단 운명이라고 해야 할 것이다. 김수증은 나중에 이곳을 '신석실'이라 하였다.

김수증은 소나무 울창한 물가에 정자를 세웠다. 농수정(籠水亭)이란 이름은 본인이 밝혔듯이 최치원의 시어에서 따온 것이다.

바위 사이 세차게 흐르며 봉우리 울리는 물소리에
사람의 말소리 지척 간에도 분간키 어렵네
옳다 그르다 시비하는 소리 귀에 들릴까 염려하여
짐짓 흐르는 물로 온 산을 다 감싸게 했네
狂奔疊石吼重巒 광분첩석후중만
人語難分咫尺間 인어난분지척간

常恐是非聲到耳 상공시비성도이
故敎流水盡籠山 고교유수진롱산

최치원은 당나라에서 활동하다가 귀국하여 자신의 이상을 펼치려했다. 그러나 부패하고 견고한 벽에 부딪혀 자신의 꿈을 접어야했다. 마지막으로 선택한 것은 가야산으로 들어가는 것이었고, 가야산 홍류동 계곡에 남긴 시가 바로 이 시이다. 세상과 절연할 수밖에 없었던 절망적인 심사를 그는 이렇게 표현했다. 김수증도 최치원과 같은 심정이었을까? 시비의 소리가 들어오지 못하도록 곡운구곡의 물로 곡운을 감싸고 싶었던 것이다. 다산의 시를 읽어본다.

구곡이라, 신령한 못 물이 맑은데
뽕나무 삼 우거진 마을 시내 끼고 있네
늙은 용 인간에게 비 내릴 것 안 살피고
곡식 기를 시절에 깊은 잠만 자고 있네
九曲靈湫水湛然 구곡령추수담연
桑麻墟里帶晴川 상마허리대청천
老龍不省人間雨 노용불성인간우
春睡猶濃養麥天 춘수유농양맥천

와룡담

고향으로 돌아가다

김수증은 1670년에 곡운에 들어와 집을 짓기 시작하여 몇 년 걸려 일곱 칸의 집을 지었다. 1675년에 이사를 온 후 초당 세 칸을 더 짓고 곡운정사라 편액을 걸었다. 현재 곡운정사가 있던 곳엔 홍학비가 오랫동안 지켜왔고, 근래에 김수증 선생 추모비가 세워졌다.

이곳을 찾은 이들은 곡운영당이나 사당을 방문했다고 하는데, 다산은 곡운서원이라 적었다. 세월이 흐르면서 영정을 모셔 둔 사당인 영당을 서원이라 했던 것 같다. 오원은 「행곡운기(行谷雲記)」속에서 곡운선생의 영당에 가서 배알하였다고 적었고, 남용익은 「유동음화악기(遊洞陰華嶽記)」에서 곡운 선생의 사당을 찾아 초상에 배알했다고 기록하였다.

곡운서원은 대원군이 서원을 철폐할 때 사라졌다. 곡운서원은 서원의 기능을 상실한 후, 영당의 기능을 다시 담당하였다. 의병장인 유인석(柳麟錫, 1842~1915)은 1905년 곡운영당에서 제사를 지내고 강연을 하였다. 지금은 매년 곡운선생을 기리는 추모제가 화천군 사내면 유도회 주관으로 영당터에서 열린다.

사창리에서 하룻밤을 묵은 다산은 아침 일찍 서원에 도착하였다. 서원에 봉안된 화상을 보고 산행일기에 자세하게 묘사하였다. 한지에 그린 공

곡운영당터

자의 화상은 마치 어린아이들의 붓장난 같아 머리를 말[斗]보다 크게 그린 것을 보고, 당장 없애 버려야지 그대로 둘 것이 못 된다고 혹평하였다. 매월당 김시습은 머리는 깎고 수염만 있으며 조그마한 삿갓을 쓰고 있는데 겨우 이마를 가릴 정도였다. 김수증은 우아하고 후중한 체구에 사모를 쓰고 검은 도포를 입어 조정 대신의 기상이 있었다. 송시열은 머리와 수염이 모두 희고 아랫입술은 선명하게 붉었으며 턱은 짧았고 눈빛은 광채가 나서 1천 명을 제압할 만한 기상이 있었다. 김창흡은 산림처사의 기상이 있었다. 제갈공명은 삼각 수염에 이마는 뾰족하고 뺨은 활등같이 그려 마치 불교 그림인 명부상과 같았다. 이것은 당장 없애 버려야지 그대로 둘 것이 못 된다고 비판한다. 또한 와룡담이 있다 해서 제갈공명의 진영을 걸어 놓았으나 아무런 의미도 없고, 비천한 습속이기 때문에 과감히 없애야 한다고 말한다. 비록 공자나 제갈공명이라고 할지라도 자신의 심미안에 벗어나는 것은 과감하게 비판하였다.

곡운구곡에 대해서도 예외가 없었다. 김수증이 정한 7~9곡은 산세가 비속하고 물의 흐름이 또한 세차지 못하다는 단점이 있다고 보았다. 김수증이 나이가 들어 멀리 노닐 수 없어 여기에 발걸음을 많이 했기 때문에 7~9곡이 외람되이 9곡의 수를 채우게 되었다고 보았다. 마치 재덕을 갖추지 못한 임금의 친척과 임금을 곁에서 모시는 신하가 함부로 공경의 자리를 차지하고, 초야에 묻혀 있는 자는 훌륭한 포부를 품고도 늙어죽도록 버림을 받는 것과 같은 것으로 비유를 하였다.

다산이 택한 방법은 다시 새로이 구곡을 정하기였다. 뛰어난 경치를 보면 반드시 말에서 내려 살피면서 계곡을 오르내리는 수고로움을 피하지 않았다. 마침내 자신의 심미안으로 9곡을 정하고, 비록 경솔한 처사로서 두렵기는 하나 여럿이 모여서 의논하였기에 용서받을 수 있으리라 생각한다며 수정의 변을 달았다. 기존의 권위에 굴하지 않고 자신의 의견을 피력하는 태도에 대해 비판적인 시각도 있겠지만, 이러한 태도는 분명히 그의 학문세계를 심화시키는데 일조하였을 것이다. 21세기에 학문 하는 사람에게도 필요한 태도가 아닐까.

다산은 춘천으로 향하기 전에 곡운에 대해 사방이 막힌 지역으로서 중간에 기름진 들이 열려 오곡이 잘 익고 주위는 수십 리가 되니, 참으로 은자가 거처할 곳이요, 난세에 생명을 보전할 곳이라고 자신의 입장을 피력한다.

다산은 계곡을 따라 내려가다가 1곡인 방화계서서 점심을 먹었다. 마침 고기를 낚는 자가 있어 고기 한 꿰미를 사서 놀다가 저녁이 되어서야 고향으로 향하였다.

ㄱ

ㄴ

ㅅ

ㅇ

ㅈ

ㅊ

ㅌ

ㅎ